短歌があるじゃないか。

一億人の短歌入門

穂村 弘・東 直子・沢田康彦

角川文庫
17933

文庫版まえがき

岩をつんつん

穂村　弘

「短歌があるじゃないか。」という言葉は、何人の人にどれほどの意味をもつだろう。「フットサルがあるじゃないか。」「声優があるじゃないか。」「海外移住があるじゃないか。」「宗教があるじゃないか。」「幼馴染みのミヨちゃんがいるじゃないか。」などなど、天の啓示にもいろいろな種類があると思う。受け取る人によって、それぞれの重みがちがってくる。自分という存在を撃ち抜くものはどれなのか。

私の場合、「短歌があるじゃないか。」は、結果的に大きな意味をもつことになった。三十年前の或る日、そう思いついたことによって人生が変わったからだ。そういう人間はたぶん珍しいだろう。だが、他にもいないとは限らない。その人に届いて欲しい、と思って本書のタイトルとして提案した。

けれど、実際に短歌を始めてみると、また不安になる。それは五七五七七の小さな言葉の連なりに過ぎないのだ。ごくささやかなことがポイントになる。こんなに細かいことをあれこれ考えたり、話し合ったりしても、本当に意味なんてあるんだろうか。とても人生に影響を与えるとは思えない。大きな岩を指先でつんつんしているようだ。でも、そのささやかな手応えには秘密がある。

うとうととねむってしまった台所飲みさしのむぎ茶きらきら光る　松本　茜

本書の中の一首だが、描かれているのは人生の大事件などではない。あまりにも日常的でほとんど無意味に近い光景。眠るつもりはないのに眠ってしまったことが私にもある。ふと目が覚めて「飲みさしのむぎ茶」をぼんやりと見る。私が「うとうととねむって」いた間も「むぎ茶」は、この世に存在していた。そのことが不思議に思える。いや、でも何か変だ。眠る前と目覚めた後とでは「むぎ茶」の質感が変化している。あんなに「きらきら」光っている。そのとき、私は自分の喉が渇いていることに気づく。この歌には、我々のただ一回きりの生の実感が詰まっている。死によって失われるものは家族や財産や記憶だけではない。こうしたささやかな感覚の全てなのだ。

もう一首挙げてみる。

口笛を教わりし食卓はきらきら今日が最後ほんとに最後　　ねむねむ

「食卓」で「口笛」を教わった思い出。それは政治的にも経済的にも社会的にも問題にならないほど小さな出来事だ。でも、だからこそ、「最後」の瞬間に何よりも「きらきら」と感じられるんじゃないか。我々が死を前にしたとき、政治も経済も社会ももはや問題にならない。どうでもいい。ただささやかな思い出だけが「きらきら」と甦《よみがえ》る。ここに描かれているものは一つの愛の死なのだろう。

投げたら、もどってきた

東　直子

今でもふっと、なぜ「短歌」に関わっているのだろう、と思うときがあります。

最初、私はたった一人で短歌を作っていました。でも、ノートに書いてしまいこんで誰にも見せない、ということではなく、雑誌の短歌を投稿する欄に送ったのです。書いていた内容は、普通の生活の中で生じた、きわめて個人的な心情です。なぜ、そんなものをわざわざ、不特定多数の人が読む可能性のある雑誌に載せてもらおうと思ったのでしょうか。

一言で言うと、うれしかったのです。世界の片隅でひっそり生きている一人の女の小さな胸の中で、ある日ある時考えたことが、活字になったことが。

たしかにこの言葉は、私が考えたことだ。これを、今まで会ったことのない誰かが読んで、心を分かち合えたりすることができるかもしれない……。実際、編集部を通して、短歌作品の感想を転送していただきました。

つながっている、と思いました。この世は言葉でつながることができるのだと。

短歌は、今ここにある気持ちを、感覚を、五七五七七のコンパクトな器に凝縮するために言葉を厳選します。そぎ落とされた短歌の言葉は、ときにダイレクトに、誰かの心につながることがあります。短歌は不思議に人なつこいところがあって、作る人同士を結びつけます。穂村さんも沢田さんも、短歌なくして出会えなかったと思います。

私の肉体はいつか消えてしまうけれど、「短歌」は消え残って、「ヘエ、コンナ、コト、想ッタ、ノカ?」なんて、後の人が後の言葉で感じてくれるかもしれません。

目次

©山上たつひこ

＊本文中、◎○△（優良可）マークは、上が穂村選、下が東選です。
＊詠み人の年齢、職業等は、その短歌が詠まれた時点のものです。

きらきら

イラスト・群ようこ（作家）

「きらきら」というのはモーツァルトの変奏曲などを待つまでもなく、星であったり、
「光る」「輝く」という動詞が続いたり、宝石や水面やミラーボールや功績やらに使う形容句であったりと、日常的には使い方がとても限定されてくるオノマトペです。でも短歌ではそれを書いては勝負にならない？　そのあたりの同人たちの妙技、工夫、苦吟の様をお楽しみ下さい。

イラストは作家の群ようこさん。『トラちゃん』『ビーの話』はじめ猫文学の旗手のきらきら絵はやっぱり猫！　星も九つ輝いています。

穂村&東の選【きらきら】30首

△◎ アスファルトの面きらきらカナブンの骸ころがり炎昼果てず　堂郎
◎◎ 口笛を教わりし食卓はきらきら今日が最後ほんとに最後　ねむねむ
◎△ 休んだ月曜のトマトジュースがきらいここにいない君もきらい　同
○△ 痛いほど水きらきらとふえてきて絵の具たりないタイフーン朝　沢田康彦
△○ バツ2してきらきらきいら独り者自分見つめる五十四の秋　ターザン山本
△○ ケダモノの匂いを窪地に嗅ぎにいく　キラキラ光る雨雲の午後　那波かおり
○○ うとうととねむってしまった台所飲みさしのむぎ茶きらきら光る　松本茜
○ 真夜中にきらきら座る少女たち箱詰めされる球体として　東直子

○夏の子は海の黒点きらきらの波間に浮きつ潜りつ著し　堂郎

○意志意見意地か遺恨かきらきらをキライキライに変える「イ」ふたつ　丹下公

○唯一のふたりの写真きらきらとひかる私の唯一差し歯　本下いづみ

△△訃報受け向かう車窓にきらきらと浜名湖の波季節移ろう　小菅圭子

△△きらきらとシューベルトの音響かせて鱒追う人は渓《たに》にかすんで　沢田康彦

△狂乱の夜はふけていやふけてまだのもうきらきらてきらサンライズ　宇田川幸洋

△鳥除けのテープキラキラウォーキングさぼってる間に稲穂ふくらむ　小菅圭子

△階段を滑っておちて足折って一瞬真っ暗その後きらきら　伊藤守

△シャンパンって辛い時にもいいんだよ　きらきらきらって笑う音する　響一

△毎日がすべてキラキラ輝いた記憶はここに　眠れ指輪よ　坂根みどり

△東京に空がないねとCが言う　キラキラ瞬く星もないけど　鶴見智佳子

△キラキラとここは私のベルサイユ　鏡の中におサルが一匹　国見太郎

△見られてる?誘われている?百合雌しべキラキラアピール蛍光灯の下　大内恵美

△しんしんと雪降る晩に剣戟の音血しぶく音　ただ「きら」「きら」と　山本充

△きらきらとしたことば、ものを追いかけていつしかわが身は魂のカラスに　同

△きらきらと床にばらまくチョコレート透明セロハンねじったところ　中村のり子

△このときを離さぬように願ってもきらきら溶ける逃げ水のなか　小林花

△雨やどりさっとひと降り夏の宵みつめる瞳がキラキラ恥じる　宮崎美保子

△どうしてここまで来てしまったのだろう　ポプラの銀鱗きらきらと　那波かおり

△まな板にきらきら遺したサンマの兄弟　骨はチラシにくるまれて　同

△いつになくキラキラ光る母の目の見つめる先に通販チラシ　黒豆

△キラキラと机の上のミーちゃんはいつもやさしいまなざしのくま　えやろすみす

穂村　いい歌が多かったですね。「きらきら」については、ひとつの大切なポイントがあって、それをみんなうまく摑《つか》んでるなと思いました。例えば東さんの歌、

真夜中にきらきら座る少女たち箱詰めされる球体として

穂村○　東　（東直子　38歳・歌人）

この《きらきら座る》や沢田さんの、

痛いほど水きらきらとふえてきて絵の具たりないタイフーン朝

穂村○　東△　（沢田康彦　43歳・編集者）

の《きらきらとふえて》とか典型的ですね。それから、これもそう。

芝に椰子早起きの朝「うれしーなー」スプリンクラーきらきら廻れ！

穂村　東（針谷圭角　52歳・飲食業）

つまり「きらきら」の後に動詞を接続してゆくとき、普通なら「きらきら光る」とか「きらきら輝く」になる。でもそれだと重複になっちゃって、むしろ「きらきら」を殺してしまうんで、「きらきら座る」「きらきらふえる」「きらきら廻る」って、そういうふうに行く方がいいわけです。その辺をみんな直感的によく理解していますね。「きらきら」というのはぼくも好きな言葉です。

赤、橙、黄、緑、青、藍、紫、きらきらとラインマーカーまみれの聖書　穂村弘

窓のひとつにまたがればきらきらとすべてをゆるす手紙になった　同

ティーバッグ破れていたわ、きらきらと、みんながまみをおいてってしまう　同

放心の躰を抱けばきらきらと獅子の口より水の束落つ　同

沢田　こんなにあるんだ。なるほど、一首たりとも「きらきら光る」はない。

東　私は「きらきら」を作るのは難しかったです。でもみんな難しい中で工夫してるな、って思いました。「きらきら」って限定されたイメージがすごくありますよね。きらきら光る青春、みたいな。でもそうはならずにかえっていろんなイメージをそれぞれが引き出してき

ていて面白かった。抽象的になるのかなと思ったんだけど、意外とそうでもなく。

沢田　お二人とも○をつけた歌が、一首ありました。

口笛を教わりし食卓はきらきら今日が最後ほんとに最後

穂村○　東○　（ねむねむ　28歳・会社員）

穂村　これは上の句のイメージが非常によくって、《食卓》っていうのは本来《口笛を教わ》ったりする場所じゃない。むしろ《口笛》なんて吹いてはいけない。そういう場所で《教わ》るっていう二人の関係性がよく見えてくる。それだけでとれてしまう歌でした。今は別れのときがきて、だいたい《食卓》で《口笛を教わ》るっていうのは愛の絶頂なわけで、あのときのあの記憶は《きらきら》したものに思える、っていうことかな。

東　わたしは今も《食卓》が《きらきら》してるのかな、と。その眩《まぶ》しさが逆にせつなくしみてくるっていう、ねむねむさんのせつなさモード全開の歌かなって思った。今その人が目の前にいて、《食卓はきらきら》していてきれいだけど、ああ《今日が》《ほんとに最後》なんだなって覚悟に向かっている。女の子の決意が感じられる歌だな、と。

穂村　ただ《今日が最後ほんとに最後》は、ちょっと『猫又』常連のねむねむさんにしては平凡な気がしましたね。上の句でもうできてる歌だと思う。上の句のイメージだけで引き伸ばしても下の句のニュアンスは出せるって思うんです。

東　《今日が最後ほんとに最後》だから、何度も《これが最後》かもって思ったんでしょうね。

穂村　ニセの《最後》があった、と。

東　そう、あもうだめかもしれないってふと思う瞬間が何度かあって、だけど今度はもう本当の《ほんとに最後》だと。何度も想いの強さを打ち切ろうとした感じがあって、ここまで書ききるからこそ《きらきら》が生きてくるんじゃないかなあって私は思うんですが。普通に「食卓がきらきらしていたなあ」だけじゃ弱いんじゃないかな。ちょっと散文的な感じがするけど、でも《最後》《最後》って何度も逡巡《しゅんじゅん》があった中での《最後》っていう二種類の《最後》を重ねることによって別れが表現されているから、共感できるのね。

沢田　上の句が文語で、下の句が《ほんとに》と口語ですね。状況を単に描写したものと、感情を発露させたものとをうまく対比させているなと思いますね。ひょっとしたら今回も《最後》じゃないかもしれない、って思わせもする。冷静と情熱のあいだ、と言いますか。

穂村　いずれにしても《食卓》で《口笛を教わ》るというイメージが非凡ですね。

東　懐かしいような、不思議な親密さ。

沢田　《口笛》を教える、《教わ》る、っていうこと自体、忘れていた感覚。唇はそのときキスの形をしているはずで。

穂村　なんかエロチックなイメージもあって。どうやって教わったんだろう？　って。それに本来は《口笛》なんてどうでもいいこと。だから面白く際立つ。「英語を教わった」とかだと面白くない。

沢田　「テーブルマナーを教わった」とかじゃ当たり前でだめ。この《口笛》こそが、穂村さんのいう〝短歌のくびれ〟の部分なんですね。

穂村　しかも言われればありうる。誰も書けない体験の個別性がすごくあるんだけど、でもこう言われることで読者の中で瞬間的に自分の体験になっちゃうんです。体験していなくても、愛情っていうものをこのように置き換えられてイメージさせられてしまう。これの逆パターンで、こんな歌があります。

蠟燭のしずくこぼれしテーブルの予約をしつつすでにせつなし　　吉川宏志

つまりこれは未来なんですね。ねむねむさんのは過去が《きらきら》してるんだけど、こちらはレストランの《予約》に行って、その《テーブル》は《蠟燭》がちょっと垂れている。《予約》を今自分はしているけど、その段階でもう《せつな》くなっちゃうと。

沢田　早い、早すぎる！（笑）

穂村　未来のきらきら感やせつなさに対する予兆みたいなもので。その弱っちさがぼくは好き。

東　この歌をつくった時の吉川さんはまだ二十代の若者なんだけど、妙に達観してるとこがあるんだよね。
穂村　男の歌かな、って感じがします。ねむねむさんの方は強さがある。
東　肝が据わってますよね。でも強いからせつない、ってこともありますよ。

女性の方がエッチ。

沢田　エロチックな「きらきら」の歌、けっこうありました。

見られてる？誘われている？百合雌しべキラキラアピール蛍光灯の下

穂村△　東　（大内恵美　29歳・中学校教師）

穂村　これは《蛍光灯の下》というのがヘンにリアルだな、って思ったんです。《アピール》って言葉はいらないかもしれない。
東　《蛍光灯の下》ってどこにいるんだろうね？
穂村　なんか生々しい。
東　《蛍光灯》って普通、事務所とか、仕事場でしか使わないよね。
穂村　《百合》はわりとオフィスにありますからね。
沢田　現実で言えば、大内さんは中学校の教師なんです。尚ドキッてします。

穂村　加藤治郎さんの初期の歌で、

同僚というに私服のまぶしくてプリンターの鳴るオフィスをふわり　加藤治郎

たぶん休日出勤の歌だと思うんですよ。ふだんは制服を着てるような仕事で、でも休日なんで《同僚》の女の子は《私服》で、って。背後にあるのは淡い性欲なんですけど、気持ち的によくわかる。

沢田　休日出勤というのは刺激ありますね。非日常で。

東　ちょっと心も開放的になり。

穂村　学生のとき、冬服が夏服に替わるだけでドキッてしませんでした？

沢田　したした。

穂村　夏服が冬服になってもした。

東　え？

穂村　そっちもドキッてするの、ぼくは（笑）。単に薄着になるからドキッてするんじゃないんだよね。どっちもかわいくなったように感じるんだよ。

東　衣替えの時期は一目《ひとめ》惚《ぼ》れに要注意なのね。覚えておこう。

雨やどりさっとひと降り夏の宵みつめる瞳がキラキラ恥じる

穂村　東△（宮崎美保子　52歳・アクセサリー・デザイナー）

沢田　《キラキラ恥じる》がいいです。

穂村　うん、ぼくもそこに惹《ひ》かれたんだけど。変わってますよね、《キラキラ恥じる》っていうのは。

東　《キラキラ》って前向きな感じがして、《恥》の感じも確かにあるな、って。なんかうれしいことがあったんだけど、恥ずかしい。初々しいですね。ちょっと抽象的なんですが、輝きがよく出てる。

穂村　同じ作者、

木漏れ日のそのまたむこうそのむこうキラキラ輝きあなたが走る　宮崎美保子

に比べると、格段にいいわけです、《恥じる》方が。くびれがあって。

沢田　これは「きらきら」の最も典型例、「キラキラ輝く」。

東　十代かと思いきや、五十代の方なんですね。

沢田　だからいいのだ、とぼくは言いたい。『猫又』同人評から。「◎《恥じる》という言葉一つでいろんな思い出や感情を想起させてくれました」（やまだ）。「○《恥じる》が軒下の

《雨やどり》以上を連想させスケベです。ありがちな〝恋の終わり〟より〝始まり〟がすがすがしい」(針谷)。

東　みなさんも《恥じる》に捕まったみたいですね。

沢田　さてあと、無印でしたが、恋愛系で気になる歌二つも挙げておきましょう。

きらきらとそんなに笑ってくれなくていい君に焼かれる虫眼鏡ごし

穂村　東（長濱智子　26歳・食堂店員）

これは同人評「△昔、《虫眼鏡》で蟻を焼いていた幼なじみのことを思い出しました」（大内）とあるように、蟻的な立場から詠んだ歌ですよね。《虫眼鏡ごし》に《焼かれる》立場に回ったことがなかったので、ぼくには新鮮でした。

東　究極の自己犠牲型恋愛にも読めますね。

きらきらかぎらぎらなのかどちらでもあるのかおんなのなのなみだをすう

穂村　東（伴水　46歳・作家、写真家）

沢田　伴水は作家・写真家の伴田良輔さんです。「◎《おんなのなみだをすう》がエロくて、それまで静かに死んでた上の句に一気に生気が吹きこまれるようで、いい」（大塚）。「△どんな事情か存じませんが、《おんなのなみだをすう》という官能的な部分に心を奪われました」（本下）。

東　次の歌もエロチック。

ケダモノの匂いを窪地に嗅ぎにいく　キラキラ光る雨雲の午後

穂村△　東○　（那波かおり　42歳・英米文学翻訳家）

沢田　堂々の△○です。翻訳家の那波かおりさん作。

東　行ってはいけない場所にどうしても惹きつけられてしまう。だけどなんのためにそんな所に行くのかっていう動機が不明なんですよね。その辺は謎であるってところがいいと思う。不吉な感じが全体に漂っていて。

穂村　台風が来るたびに人を殺したくなるとか。生理のたびに火がつけたくなるとか。人間も動物なんで、そんな何か心の中の渇きが彼女をしてそれをさせるのである、みたいなことで、下の句が示しているんでしょうね。こういうときに私はそういう気持ちになる、って。

東　ミステリアスだよね。《雨雲》がたれこめて、《キラキラ光》っているとき、か。

沢田　《匂い》と《光》が絶妙に同居していてどきどきさせられます。ジビエとか、古い濃い赤ワインのようなイメージがある。「○《ケダモノ》《匂い》《窪地》《嗅ぎ》といったフレーズが、無垢《むく》なキラキラにワイルドな臭気を注ぎこんでいて、いい」（大塚）。《窪地》はやっぱり脇の下や陰部を思わせます。

穂村　だいたい女性の歌の方がエッチですよね。

東　体感で書く人が多いからかな。

穂村　今回の那波さんの歌、みんないいなあ。

どうしてここまで来てしまったのだろう　ポプラの銀鱗きらきらと　（那波かおり）

穂村　東△

この歌と近い感覚を詠《うた》っているプロの歌があります。

わたしたち家に着かない気がするわフロント・ガラスにふる鱗たち　加藤治郎

だいたい同じ感情ですよね。《どうしてここまで来てしまったのだろう》と《家に着かない》って。それで《鱗《うろこ》》が《きらきら》すると。違いというのは、加藤さんの歌は《フロント・ガラスにふる》って言ってるだけで《鱗》の正体を明かしていない。それに対して那波さんは《ポプラの銀鱗《ぎんりん》》と素性を明らかにしている。この辺を見ても、「なるべく隠す」という習慣が歌人にはあるのがわかりますね。だいたい何かということはわかるんだけど、でも隠すことで相手の注意を引く。舞台の上で小さい声でしゃべることで観客を引きつけるのに似ている。いつも隠さなきゃならないというわけでもないんですが、一般論としては当てはまると思います。

東　例えば「空の銀鱗きらきらと」として、何か葉っぱのようなものなんだろうなって思わせる書き方もありますよね。でもこの歌は《ポプラ》の葉っぱ独特の表裏の違いでの《きらきら》が具体的にきれいに浮かぶのでいいと思いますが。

穂村　この《どうしてここまで》の《まで》は言い過ぎじゃないかなあ。「どうしてここに」くらいでいいんじゃないか。

沢田　東さんにもこんな歌がありました。

　雲を見て飲むあついお茶　わたしたちなんにも持たずここに来ちゃった　東直子

穂村　これはうれしそうだね。《なんにも持たず》どっかに行くの好きだもんね。

東　至福です！

沢田　東さん、ものを忘れてきそうですもんね。穂村さんと対照的。

東　でも、この歌、《お茶》はしっかり持ってきてるんですよ（笑）。

沢田　加藤治郎さんの歌は、舞台のセリフみたいですね。新劇。

東　あ、確かにそういうところありますね。

　荷車に春のたまねぎ弾みつつ　アメリカを見たいって感じの目だね　加藤治郎

沢田　カッコいい。

東　ええ、カッコいい歌多いんですよ。俳優が動いている感じの。

ぼくのサングラスの上で樹や雲が動いているって　うん、いい夏だ　同

バック・シートに眠っていていい　市街路を海賊船のように走るさ　同

テーマはぶれない方がいい。

穂村　さて、もう一首、那波さん。

まな板にきらきら遺したサンマの兄弟　骨はチラシにくるまれて

穂村　東△　（那波かおり）

沢田　破調。彼女にはあんまり五七五七七の遵法精神がありません。

《骨はチラシにくるまれて》というのも印象的なフレーズ。

東　言葉の感覚は優れているけど、定型に対して無防備ですね。

穂村　それはだめですよ。そういうのは短歌では常にだめ！

沢田　主宰としてもそう言いたい。そう言いたい人は『猫又』にはすごく多い。

東　一行詩っぽい佇《たたず》まいですよね。必ずどこかに詩的なポイントがあって、言葉から出るイ

ンパクトがある。《きらきら遺した》とか。鱗は《まな板》で《骨はチラシ》で中身は人が食べたわけですね。作者の気持ちの置き方が象徴されているような気がする。《まな板に》《遺す》気持ち、《チラシにくるまれて》いく気持ち、そして食べられていく気持ち（笑）。ただ《兄弟》ってどうかな？　《兄弟》っていうと、どうしても「だんご三兄弟」とかに連想が行っちゃって損しないかなあ。

穂村　うん。ぼくはこれ「一匹」でいいと思うなあ。

東　イメージがぶれるんですよね。「まな板にきらきら遺したサンマあり」とかでどうでしょう。

沢田　那波さんの歌には時々対象を擬人化、戯画化してゆく独特のユーモア感覚がある。

穂村　でも、テーマはぶれない方がいいですね。一首の中ではひとつのトーンで攻めた方が。全体で見ると、この人こういう知的な抑制があるのに、一方では《ケダモノの匂いを》《嗅ぎにいく》とか言うから、なんかコーフンするんですけど（笑）。東さんってそういう落差がないでしょ。なんか全体がとろけるように行くから。

東　抑制プログラムがないもので（笑）。

アスファルトの面きらきらカナブンの骸ころがり炎昼果てず

穂村△　東◎　（堂郎　39歳・記者）

穂村　この人の歌ほんとにうまい。
東　そう。とにかくうまいので素直に◎をつけました。
穂村　書き慣れてる感じが強すぎて、ぼくは△にしちゃいました。
沢田　この人は別の短歌会にも参加していたらしいです。
東　なるほど、そういう感じあるなあ。
穂村　ある一つのものがただ等身大のそれだけじゃなくて、別の象徴性を持ったものでもあるっていうことをカラダで知っているんですよ。だから、もう一つの歌も、

夏の子は海の黒点きらきらの波間に浮きつ潜りつ著し　　穂村　東○　（堂郎）

《夏の子》というのはただはしゃいでる子どもじゃなくって、《海の黒点》なんだっていう発想にすぐ切替えがきくし、《カナブンの骸》というのもあるピリオドみたいなものですよね。夏の盛りの象徴なのか、死の象徴なのか。この人はそれを知ってるなというのがこちらに伝わっちゃうから、そこまでの助走距離がない。もう、すぐ次の瞬間ぱっと切替えがきくのがわかる。そうすると逆に本当にそこまでの内圧があるのかなってちょっと思ってしまうんですよ。ねむねむさんなんかだと、一回一回心の内圧が高まって言語のレベルに上がってくるっていう感じがするけど、《夏の子は海の黒点》なんてのはそう簡単に言えてはいけな

いことなんですよ、たぶん。

東　でもうまいですよ。《海の黒点》が鮮烈に像を結んで、完成度の点ではいちばん。

穂村　そう。それが前提にあっての注文です。

東　夏の白昼の永遠性、終わってゆくものの一瞬を切り取ることによって、イメージとしての永遠性を持たせるという短歌ならではの世界観がある。「きらきら」の使い方もそんなに手垢《てあか》のついたものではなく、死につながっている感じがあって、なかなか巧みだなと思いました。

沢田　自分の感想がなく、描写するスタイルですね。

東　景色を書く人。言葉の使い方もかなり繊細で。

うとうとねむってしまった台所飲みさしのむぎ茶きらきら光る　（松本茜）

穂村○　東

穂村　これはいい歌。《きらきら光る》がいけないといっても、この《光る》は許容範囲です。なぜいいかっていうと、これは本当の体感というものをえっちらおっちら持っていってますよね。ここにあるのは、例えば、

飲食《おんじき》ののちに立つなる空壜のしばしば遠き泪の如し　葛原妙子

ひどくあいしたあとはコーラの缶のあかビールの缶のぎんならぶだけ　　加藤治郎

この二首を使って『短歌という爆弾』の中で書いたことがあるんですけど、一首目の葛原さんの歌は、ご飯を食べたあとは食卓に立っている《空壜《あきびん》》が《遠》い《泪《なみだ》》のように見えるという不思議な歌。これはたぶん直接的なモチーフとしては人がものを食べるっていうのは、つきつめればほかの生物の命を食うことだっていう重いテーマが背後にあって、だからその満腹感の中で食べたという事実の証拠である《空壜》とかそういうものがふっと《遠》い《泪》に思える。その宿命に対する悲しみの把握、というのが表のモチーフだと思うんですけど、同時にその裏側にこれは「満腹になった」っていうのがあると思うんです。満腹になると、人間の気持ちって変わる。眠くなるとか、もの見てもうまそうに見えなくなるとか、性欲とか食欲ってみんなそうなんですよね。この一首目は食欲満たしたあとの歌で、二首目の加藤さんの歌は、性欲を満たしたあとの歌なんです。セックスが終わった《あと》。セックスの最中とかセックスがしたいときは《コーラの缶》とか《ビールの缶》とかは意識されないんだけど、終わった《あと》はたぶん喉《のど》とかも渇いてて、かつけだるい充足感というものもあるだろうから、《コーラの缶のあか》や《ビールの缶のぎん》が妙に目に入ってくる。

沢田　加藤さんの歌って男感覚ならではですよね。

穂村　女性はたぶん不快だと思うんですよ。男が読んでも「うっ」とくるじゃないですか。

沢田　ここには触れずにおこうよ、って思います（笑）。

東　マッチョですね。葛原さんのは透明感があっていいなあ。

穂村　有名な秀歌ですね。で、一首目が食欲、二首目が性欲だとすると、この松本さんの歌は睡眠欲を満たしたあとの歌。眠ったあとって喉が渇いたりする。だからこの《きらきら光る》はとても新鮮。それはわれわれもこういう経験があるからであって、台所って《うとうととねむって》はいけない場所、でもそこで寝ちゃって、はっと目覚めたら妙に目に入る《むぎ茶》が《きらきら》して見えたという、そういう身体感覚のシフトがこの一見平凡な言葉をみずみずしいものに蘇生《そせい》させている。

東　なるほど、そうか。じっくり読むと良さが伝わりますね、《むぎ茶》の歌。

沢田　ひらがな使いもうっかり感があっていいですね。

穂村　《飲みさし》って表現も好きです、ぼくは。

東　ぼんやりとしていてなんだか何もかも中途な感じの光景（笑）。光の具合が見える。

痛いほど水きらきらとふえてきて絵の具たりないタイフーン朝

穂村○　東△　（沢田康彦　43歳・編集者）

穂村　《タイフーン》による《水》の増量ということでしょうか。だけど「《水》が《ふえて》くるのにそれに対応する、溶かして使う《絵の具》の方が《たりない》」と言っているのか、それとも「《水》は描こうとしてる対象なのか」っていうのがちょっとこれだけでは読み取れませんね。ただ全体は、自分の心の何かを言おうとしてる歌で、《痛いほど水》が《きらきらと》自分の心の中に《ふえてきて》、でも自分の心の中にあるべき《絵の具》の方が《たりない》、そんな台風の《朝》だっていう、内面の景として読みうる。

東　《痛いほど》《きらきら》《ふえ》る、っていうのは面白い表現ですね。ガラスの粒が刺さってくるような感じがして。でも、《絵の具たりない》がわからなかった。

穂村　これはかなり生々しい歌で、頭の中では作れない。最もシンプルに読むと、あなたへの思いはどんどん私の中に溢《あふ》れるけれども、それに見合ったアプローチの方法や言葉が足りない、っていうそんな台風の朝なのよ、ってことでしょうか。

東　喪失感とか欠落感といったものを感じますね。

穂村　あとそれから、この歌は清潔な感じがするんですよね。作者の考えが。この人は誰に見られていなくても自己規制っていうのかな、ある種の清潔なもので自分を律しているっていうイメージが伝わる。

東　そうだよね。「ぶくぶく」とは増えていかない。《きらきらとふえて》いくわけですよね。体感的なんだけど、自分の中で収めてるって気がする。ところで、《タイフーン朝》って結句はどうだろう？　「台風の朝」じゃいけない？

穂村　ぼくはこれけっこういいって思ったんだけど。「もうここまで来たタイフーン」って歌がありましたね。

東　ユーミンだっけ？

沢田　実は《タイフーン》は、西脇順三郎のいにしえの詩で使われていて、カッコいいなー、いつかオレも、って虎視《こし》眈々《たんたん》とねらっていたのです。

秋

西脇順三郎

タイフーンの吹いている朝
近所の店へ行つて
あの黄色い外国製の鉛筆を買つた
扇のように軽い鉛筆だ
あのやわらかい木
けずつた木屑を燃やすと
バラモンのにおいがする
門をとじて思うのだ
明朝はもう秋だ

穂村　あ、ぼくもその詩、大好きです。

東　沢田さん、もう一首ありますね。

きらきらとシューベルトの音響かせて鱒追う人は渓《たに》にかすんで

穂村△　東△　（沢田康彦）

穂村　たぶんこれは現実の景は下の句で、それを見て音を感じているって歌だと思うんですけど、これシューベルトの「鱒《ます》」という曲があるから、両側からの攻めになってるんでしょうね。これから連想するのは、

たちまちに君の姿を霧とざし或る楽章をわれは思ひき　近藤芳美

東　初恋の歌ですね。君のことを想う気持ちが、旋律を呼び寄せてくる。沢田さんのは「きらきら」という視覚を音楽にかけているわけですね。

沢田　フライフィッシャーの西山徹さん追悼歌として詠みました。

穂村　《音響かせて》がどうかなあ。もうちょっとやれそうな気がしますね。あと外国語表記にするって手があるかもしれませんね。「Ｓｃｈｕｂｅｒｔ」って。

未来からの視点で書かない。

休んだ月曜のトマトジュースがきらいここにいない君もきらい

穂村○　東△（ねむねむ　28歳・会社員）

沢田　もう一つのねむねむ作「きらきら」は反則技ですが、○△が。わがままな人の歌ですよね。

穂村　そう！　そもそも《休んだ月曜の》って入り方がとてもわがまま。普通こんなふうに書かないんですよ。でも、いわゆるプロ歌人がやっているような5W1Hを欠落させることで補完するというやり方にもなっていなくて。

東　そうですね。子どもがだだをこねるときの理不尽さみたいな。《きらい》《きらい》みんな《きらい》。ここにすべて自分の好きなものがあるべきなのに。それだけでもういやだ、と。

沢田　平たく読むと、ねむねむさんはOLだから代休かなんかで《月曜》を《休んだ》と。で、いつもよりちょっと遅く起きてきたものの、誰もいなくて、とてもさびしくむなしくなっているって感じでしょうか。《トマトジュース》は主に彼が飲むために買ってあるものだとか。《トマトジュース》っていうのが微妙な、いいところをついている小道具。しかも

《休んだ月曜の》!

東　ひとりきりで《トマトジュース》ごくごく飲んでいる女の子の図っていいなあ。

バツ2してきらきらきいら独り者自分見つめる五十四の秋

穂村△　東○　（ターザン山本　54歳・プロレス大道芸人）

沢田　これは東さんが○です。

東　人生のさびしさを《きらきら》っていう言葉に託したところがいいですね。さびしさがじわじわ伝わってくる。「きらきら」って、明るさとその反転としてのせつなさみたいなものに行きそうなんですけど、さびしさに行っちゃう。「きらきら」から「しみじみ」を引き出したのは手柄だと思う。

穂村　この《きいら》がいいですね。《きらきらきいら独り者》っていうのが（笑）。つまり《バツ2して》「きらきらきらきら」《独り者》だとかではだめなんですね。でも、《きらきら》に《きいら》が入ると、これが……なんとも言えない……なんて言うんですかね（笑）、おばあちゃんがカタカナものを注文したりすると妙な感じが漂うじゃないですか「カフォレ」とか「コーラー」とか。でもその妙さってどこか惹《ひ》かれる妙さで。

東　《きいら》って演歌のコブシみたいな効果が出てる。

沢田　山本氏、いいかげんでね、最初「さらさら」だと思い込んでて、こんな歌送ってきたんですよ。

油断してさらさらさあら五十四エリック・サティさらさらさあら　ターザン山本

で「違いますよ」って連絡したら、ものの数分で《きらきらきいら》を送ってきたんです（笑）。

東　なんだか迫力のある勘違いだなあ（笑）。数分で新しいの作るってすごい。推敲《すいこう》したりすることあるのかな、この人。

沢田　ヘタなプロレスラーより〝プロレス〟してる。

穂村　でも、この歌の読み所《きいら》しかない（笑）。この三文字に尽きちゃってます。

沢田　ターザン山本は、相変わらず孤独だ。

東　いいよねえ。

穂村　東さんのツボなんですよね。

東　あんまり生々しく元気な人って苦手なんですよ。背中で語るような人がいいかな、と。

沢田　穂村さんは背中で語るタイプなんですが、その背中が饒舌《じょうぜつ》すぎます（笑）。

穂村　むう。

沢田　えーと、次のは漫画のような歌。

階段を滑っておちて足折って一瞬真っ暗その後きらきら

穂村△　東　（伊藤守　49歳・会社経営者）

穂村　これ《一瞬真っ暗その後きらきら》ってところが新鮮でいいんですけど、問題点がある。それは《足折って》ってところです。《一瞬真っ暗その後きらきら》という時間の流れからすると、ここで自分が《足》を《折っ》たってことがわかっちゃいけないんです。これはすべてが終わったあと、あれは《足折って》いたんだよ、という未来からの話なんです。でもこの人は日常の文章の書き方でそこを書いちゃってる。せっかく《一瞬真っ暗その後きらきら》っていう特殊な感じを出してるのに対して、《足折って》って説明を入れちゃうことはとてもマイナス。

東　臨場感を出しましょう、ということですね。

穂村　はい。しかしそれでも多くの人が「足折って」と書いてしまうのは、ふだん短歌みたいなものは作らないから。普通のあらゆる手紙や報告書、散文とかではここで《足折って》って入れる方向に誘導されがちなので、つい短歌でもそう書いちゃうんですね。

東　でも、伊藤さんの歌は、どこかで《足折》るほどの痛みだってことを伝えた方がいいよね。最後に入れればいいのかな？　この歌は、《一瞬》何が起こったかわかんなくて、《その後》はっとわかってくる感じを《きらきら》って捉えたところがいい。本当の痛みがくる直前。あんまり痛い思いしたときって、一瞬笑いません？　そんな感じがうまく出ている。

訃報受け向かう車窓にきらきらと浜名湖の波季節移ろう

穂村△　東△（小菅圭子　43歳・主婦）

穂村　これは《訃報》と《きらきら》の関係。あるショックみたいなものでうつろになっている目に入ってくる光っていう感じがいいと思います。そういう人間界の出来事と関係なく《季節移ろう》という感じも。次の歌も同じ作者。

鳥除けのテープキラキラウォーキングさぼってる間に稲穂ふくらむ

穂村△　東（小菅圭子）

こちらも《キラキラ》するものとして面白いと思いました。

東　目に飛び込んでくる、って感じ。イメージの切り取り方は完璧《かんぺき》だと思います。

沢田　どちらも時間感覚が似てる。静岡の主婦。主宰の旧友。歌どおりの穏やかで優しい人です。

しんしんと雪降る晩に剣戟の音血しぶく音　ただ「きら」「きら」と

穂村　東△（山本充　編集者）

『ユリイカ』の編集者も、『猫又』登場です。いらっしゃいませ。

東　これは、お芝居の音を聞きながら、自分のカラダの中では光が輝いている感じ。

穂村　この《「きら」「きら」》を一個ずつカッコの中に入れたのは手柄でしょうね。「きらきら」って一つにしないで。

東　刀が片面ずつ光っているイメージ。

穂村　かたっぽカタカナにしたらせこいかしらね？　「きら」「キラ」と。

東　うーん、せこいかな（笑）。

穂村　ねらいすぎか……。

沢田　暗い舞台で雪を降らして、スポットライトを当てているような感覚の歌です。同人評「◎暗闇の中で音が凍りついてきらめいているよう」（柳沢）。

東直子の仲間がいた？

シャンパンって辛い時にもいいんだよ　きらきらきらって笑う音する

穂村△　東　（響一）

穂村　ぼくもこれけっこういいと思ったんです。純粋に「なるほどそうなのかあ」って思ったっていうか（笑）。ぼくには《シャンパン》は単におめでたい、ってイメージしかなかったから。そうなのかあ……。女の子は、男の人にはこんなこと言ってほしいだろうなあって思う。

東　ひねりはないけど、視線が素直で口語の響きもやさしい、いい歌ですね。

沢田　詠み手はとあるワインバーで知り合った人です。「△《シャンパン》って見た目にも《きらきら》してるけど、《音》も《きらきら》なんですね。しかも《笑う音》！　想像しただけで気持ちよくなりました」（坂根）。

きらきらと床にばらまくチョコレート透明セロハンねじったところ

穂村　東△（中村のり子　16歳・学生）

東　状況を摑《つか》むのがちょっと難しかったんだけど。

沢田　妙な言い方ですね。

穂村　これ本当に頭で書いてないよなあ……。

沢田　東さんの仲間？

東　《ねじったところ》ってあたりがね（笑）。

穂村　すぐわかりますね。こういう歌をいちいちわかるように説明させられるのがすごく損してる気分がするんですよ（笑）。本当に未来からの逆算が全然ないからさ、こういう人の歌って。強いていえば、《床に》《チョコレート》《ばらま》いてなんか《きらきら》したっていう感じがまずあって、もうちょっとよく見ると、それが《セロハン》を《ねじったところ》が《きらきら》していた、ってことなんでしょう。でもそれをそのまま言葉にしちゃうからすごいですよね。

東　歌の力あるよね、この人は。

沢田　高校二年生、なんですよ。つくづく短歌の才能に年齢は関係ありません。

このときを離さぬように願ってもきらきら溶ける逃げ水のなか

穂村　東△　（小林花　41歳・グラフィック・デザイナー）

東　《逃げ水》ってほんとの水じゃなく、見えているだけのものなんだけど、そこに《願い》がどんどんどんどん《溶け》てゆく、輝きながら。走っても走ってもたどり着かない、つまり《願っても》《願っても》摑めない、っていう歌ですね。《きらきら溶ける逃げ水》って表現がいいな。

穂村　ぼくだったらこういうときは具体物をひとつ入れますね。《このときを離さぬように》のあたりに何か入れる。このままではあまりにも……。さっきの《鳥除《とりよ》けのテープ》のように、そこで何か非常に伝えてくるものがあるわけで。なんでもいいくらいなんだよね。「ひなあられを離さぬように願っても」とかね。なんでもいいから入れた方がいいんですよね。

東　うん、ヘンなもの。
穂村　ぼくのやり方はそう。

ひとみちゃんのえんぴつけずりを抱きしめて屋根から屋根へ飛んでゆくゆめ　穂村弘

の《ひとみちゃんのえんぴつけずり》とか。でも意外と難しいものなんだよ、そのヘンさは。

毎日がすべてキラキラ輝いた記憶はここに　眠れ指輪よ

穂村△　東　（坂根みどり　38歳・主婦）

穂村　《眠れ指輪よ》というところで、《記憶》がその《指輪》に封印されているっていう。《指輪》っていうのはあまりにも平凡といえば平凡なんですけど、《眠れ指輪よ》っていうのはいい。
沢田　今は《輝い》てはいないわけで。
東　やっぱり結婚《指輪》とかかなあ。
穂村　うん。いずれにしても《指輪》というのは典型的象徴的なものなんでね、本当は別のものでこれをやってもらいたいのですが。
沢田　取扱い注意の物件ですね。これも、穂村さんくらいネバらないとだめ。

鈴なりの黒人消防士がわめく梯子車に消《に》た婚約指輪　穂村弘

穂村　《婚約》に対する怖れを詠《うた》っています。

沢田　《婚約》の時点でこれでは、穂村さん一生……。

意志意見意地か遺恨かきらきらをキライキライに変える「イ」ふたつ

穂村　東○（丹下公　会社員）

穂村　東さん○ですが、この歌はどういう意味なの？

東　《きらきら》に《イ》を二つつけただけで《キライキライ》になるっていうコトバ遊び的な歌で、《きらきら》してたものが《キライキライ》になることってあるでしょ。それは《意志》なのか《意見》なのか、どの《イ》かわからないけど、心変わりに関して様々な要因が働いていることは確かだという意味の歌だと思います。アイディアに独自性を感じました。

東京に空がないねとCが言う　キラキラ瞬く星もないけど

穂村△　東　（鶴見智佳子　34歳・編集者）

これは《C》がポイントですよね？

穂村　そう《C》がよくってとりました。『智恵子抄』が頭にあるんでしょうね。でもなんで《C》になったのかがナゾなんですけど、これで歌が非常に生かされてる。

沢田　智恵子の《C》だし、作者本人の《C》でもある。

穂村　私、こういう歌あります。

オーロラをみながら苔をたべましょう　MとHがここにいること　穂村弘

これ、もとは元素記号を意識してるんですよね。最初は「OとH」にしてた。

沢田　水か。《M》と《H》は「まみ」と「ほむほむ」ですね。

穂村　なんか異化されるっていうのかな、独特の感覚が浮かびあがる。

東　もりまりこさんの『ゼロ・ゼロ・ゼロ』っていう歌集では、一冊全部相手のことを「T」と書いていますよ。

恥ずかしそうな顔して眠るTこれが生きてる顔でよかった　もりまりこ

沢田　次、『猫又』のワザ師、絵本作家の本下さん。

唯一のふたりの写真きらきらとひかる私の唯一差し歯

穂村　東◯　（本下いづみ　40歳・絵本作家）

東　《差し歯》という偽物だけが《きらきらとひか》っている《写真》、それが《唯一の》思い出であるというシチュエーションが面白かった。《唯一》が二回出てくる。そんな事実を発見する作者も作者だなって思った。せつなさにいかずに、道化に向かっている味がいいなって。《差し歯》の手前までは爽《さわ》やかな恋の歌かな、って思うんだけどね、最後にドンデン返しが来る。

沢田　このやり口は本下さんならではですね。

東　自分の中にある偽物を突きつけられた感じがする、って歌。たぶん相手はヘンクツな人だったんだろうね、一枚しか《写真》が残ってないということは。それとも《写真》を残せないような人だったのかな。「何だったんだろう、私たちのこの関係は？」という苦みがある歌でもあって。

沢田　なるほど。不倫ととれば、そんなおのれを嗤《わら》う、自分たちを揶揄《やゆ》するという構図になりますね。今度詰問してみよう。

キラキラとここは私のベルサイユ　鏡の中におサルが一匹

穂村△　東　（国見太郎　会社員）

穂村　なんか揶揄している歌なのかなあ。この歌がとれるとすれば、それは現実に《ベルサイユ》でもそうなのでは、っていう部分があるってことですよね。本物の《ベルサイユ》でもそう変わらないのでは？　って。

いつになくキラキラ光る母の目の見つめる先に通販チラシ

穂村　東△　（黒豆　13歳・学生）

東　《母》の中の欲望が表に出た一瞬を発見してしまったのですね。黒豆さん、中1ですよね。

沢田　小学生が中学生になると視線もシニカルになってゆきます。

さあさて、『猫又』でのいちばんの人気歌は、冒頭にも出た、東さんの歌でした。

真夜中にきらきら座る少女たち箱詰めされる球体として

穂村○　東　（東直子　37歳・歌人）

いくつか評を読みますと、「◎詠むたびに、どんどん怖さが増してゆく不思議な歌」（よしだ）。「◎《少女たち》の若さが溢れている様子と、それに向けられたちょっと意地悪な視線が注がれているようで」（鶴見）。「◎《真夜中に》《座る少女》ほど「きらきら」という言葉が当てはまる年代はない、という気にさせる。《球体》《箱詰め》には、作者の微《かす》かな否定の気配があり、若さの果てにある不吉な未来を感じさせる」（堂郎）。「○ふとコレクターな気分にひたってしまいそうです」（柳沢）。「○《少女》の《箱詰め》……クリスマスの玉飾りが浮かんだ。色とりどりの美しい玉飾りが、箱のなかに整列して出荷を待っているのだ、それぞれの人格をもって。東さん、あいかわらず、怖いっす」(那波)。ほか多数。みんな絶賛。穂村さんも○ですね。

穂村　これは秀歌ですね。椅子に《座》っているんじゃなくてなんとなくあの体育座りを想像したのですが、それだけでも異様なのに《箱詰めされる球体として》とは。若さの中に含まれる未来や宿命のおそろしさが予感されているのでしょうか。東さん、実際に《少女》の母とは思えないですね。

草

イラスト・神尾米
（元プロテニスプレイヤー）

これ実は二〇〇一年「歌会始《うたかいはじめ》」のお題。たぶんこの年いちばんたくさん詠われたお題だと思います。『猫又』主宰はヘンなお題ばかり出すというブーイングが同人から相次いだので、これなら文句あるまいと。

《「草」、又は「くさ」の文字が詠み込まれていればよく、「草木」「牧草」のように「草」の入った熟語を使用しても差し支えありません。また、歌の中に「草」の字がなくても、よもぎ、すみれのように、個々の草又は草花の名が詠み込まれていれば結構です》。以上が宮内庁からのお達しです。負けるな、猫たち。

イラストは元プロテニスプレイヤーの神尾米さん、通称ヨネちゃん。そういえば、「米《こめ》」も草の仲間からの収穫物ではないか。

穂村&東の選【草】27首

◎　ふたりしてひかりのように泣きました　あのやわらかい草の上では　東直子

◎◎　日一日《ひひとひ》草取る我の泥の爪にしばらく来るなと母の言沁《ことし》む　大塚ひかり

○○　脱衣所の狭さも嬉し草津の湯脱いで開ければ広い脱衣所　本下いづみ

△○　従兄M蛇を殺して皮を剝ぐ草一面の千歳船橋　宇田川幸洋

△○　輝く緑揺れる花弁に「座ろうか」犬のうんこと虫の世界に　吉野朔実

△△　月に指かざして狐と遊んでるすみれ咲くまでここで待ってます　やまだりよこ

○草の花あつめたようなハモニカの音色に眠る地の昼休み　東直子

○わが祖母の十九の頃の初恋の秘密を横で聞いてる草もち　うさころ

○言の葉につくせぬ想ひ持て余し素足になりて草を踏みしむ　さき

○枯れ草とチクチクしたいこれ以上なれないくらい平らになって　堂郎

○君といたねこじゃらし公園の夏よ　六時間目自習のような　沢田康彦

△ニザーミー・ガンジャビーせんじると苦い草のようだがペルシアの詩人　宇田川幸洋

△タミさんは草のような人だったなんの草かは忘れた昔のことだから　同

△太古の夜　草さわぐ夜に我ひとり黙ってタツノオトシゴ探せり　ねむねむ

△朝寝して宵寝するまで昼寝する槿《むくげ》の下のムクになりたし　佐々木眞

△さし絵とはちがった草の入りたるをまあよしとして三つ草がゆ　えやろすみす

△心病んで里に帰りし夏の日の落ち傾《かたぶ》くまで庭の草取る　大塚ひかり

△のら猫のとぐろをほどく束の間の冬の日だまり枯れ草の床　那波かおり

△父を待つ鉄路の果ての子供たち遥かにとどけ若草の祈り　宇田川幸洋

△滅んだる草の虚像がうごき出しひみつの沙漠をおおいつくせり　同

△傷だらけ蒼い草には力ありお花の蜜に癒されたふり　吉野朔実

△諍いに声あげて泣く女いてぶちぶちと抜く芝生の短さ　本下いづみ

△「七草のさいごのひとつ何だっけ?」午前3時の電話の口実　よしだかよ

△草を食むトカラの馬の尾をゆらす風は斜面の向こうの海から　坂根みどり
△あぜ道のよもぎを手かごいっぱいに摘めばお祭り　春のまん中　同
△かくれんぼ　土管すらない草むらで　あなた一人を待っていました　鶴見智佳子
△紫陽花のかたいかたい芽死んだふり　もすこしがまんワタシもがまん　大内恵美

沢田　のっけから「草」ではなく、《草津》ときました。

脱衣所の狭さも嬉し草津の湯脱いで開ければ広い脱衣所

穂村○　東○　（本下いづみ　41歳・絵本作家）

絵本作家の本下さんの笑える短歌に○が二つ。下駄箱で着替えてたんでしょうか。大きめの棚だった。

東　「あっ」て、小さく叫んでしまった絵が見えますね。つまり最初から裸で《脱衣所》に入ったってことですもんね。みんなびっくりするだろうなあ（笑）。

穂村　そのことをうまく表現できてますよね。《脱いで開ければ広い脱衣所》って。《脱いで開ければ》というのはわかりやすい。

沢田　下駄箱で脱いでるとき、何人かほかの客は通り過ぎたかもしれない（笑）。

穂村　これがなぜ成功してるかというと、《脱衣所の狭さも嬉《うれ》し》の《嬉し》が効いてるんです。歌を詠む時点では当然、結末を既に知ってるわけですよね。でも作者はちゃんと歌の中で自分の感じた通り忠実に再現した。つまり最初は《狭さも嬉し》かったわけ。「この狭さがいいわよねえ」とか言い合ってたことを覚えていて、《狭さも嬉し》と。そこをきちんとおさえたから最後の《脱いで開ければ広い脱衣所》が効くんです。

沢田　うまくボケたと。《脱衣所》で始めて《脱衣所》で終わるのも憎らしい技です。

東　そうですね。ストップモーションみたいに体言止めで終わってるところが効いていますよね。それ以上余計な感想は入れないで突き放して終わるから、読者におかしみがはねかえってくる。

穂村　これはやっぱり頭の中では書けない。実体験がないと書けないです。

沢田　こういうオチのあるような笑える短歌ってあるものなんですか？

東　うーん、思いつかないですねえ。

穂村　この種の歌に○がつくのは珍しいことですね。連作の中の箸《はし》休めみたいな感じでユーモアのある歌を見かけるくらいかな。本下さんのは笑わせるという前向きの意識がありますけど。例えば斎藤茂吉みたいに意識をしてないのにおかしい短歌っていうのもありますね。

数学のつもりになりて考へしに五目ならべに勝ちにけるかも　斎藤茂吉

他人が見ればおかしい。マジでそんなことを言うやつは。でも本人は最後まで真面目なんですよね。

人間は予感なしに病むことあり癒《なほ》れば楽しなほらねばこまる　同

《癒《なほ》れば楽しなほらねばこまる》って……当たり前だ。

沢田　しかも医者だ（笑）。ぼくは茂吉の飲食《おんじき》ものに心から惹《ひ》かれますね。

ゆふぐれし机のまへにひとり居りて鰻を食ふは楽《たぬ》しかりけり　同

ほそほそし伊豆の蕨も楽しかりわが胃の中に入りをはりけり　同

ひとり居て卵うでつつたぎる湯にうごく卵を見ればうれしも　同

真面目に詠んでいるから、こんなにおかしい。以前、山形の上山市《かみのやま》〈斎藤茂吉記念館〉に行ったのですが、面白かったなあ。茂吉本人の自作朗詠テープが流れていて、これが素晴らしいんですよ。ああこれか、って感動しました。訥々《とつとつ》と山形弁で自作を爆発させていて。

東　爆発（笑）。穂村さんの『短歌という爆弾』を思い出します。

沢田　本下さんの前向きギャグ短歌はもはや『猫又』の名物です。

ワインならまかせなさいと言い乍らグラス倒すかこのタコおやじ　本下いづみ

婚約者《フィアンセ》の海辺の故郷　家々に黄旗はためき　汲み取りば呼びよっとよ　同

ピクニック動く帽子で生存確認母はヨッパラって立てないのです　同

東　ギャグパターンはほんとに独特だよね。

穂村　短歌で四コマ漫画を描いても、本物の四コマ漫画よりは絶対面白くならないですからね。どこかで短歌の固有性に触れてるから面白くなるんです。本下さんのはたぶん実体験ってところがポイントなのでしょう。

東　身を捨てたギャグってところもいいですね。

穂村　書いても書いてもシャイな感じがつきまとうんですよね、本下さんの歌は。

沢田　「草」、さらにあります。

諍いに声あげて泣く女いてぶちぶちと抜く芝生の短さ　（本下いづみ）

穂村　東△

東　これは本下さんの意地悪さがよく出てますね（笑）。《ぶちぶちと抜く芝生の短さ》に相手のいじましさみたいなものがこめられていて、どうせすぐに《抜》けちゃうような底の浅い《泣》きである、ってことじゃないかな。長く《泣く》んじゃなく、感情が高まってひくひくってなる泣き方と《芝生の短さ》を重ね合わせるセンスは面白い。

穂村　《芝生の短さ》って表現がいいです。でも《芝生》じゃなくて、ここは「芝」でいいかな。音数的に。《女いて》って言い方とか、相手を客観視してるんでしょうね。自分から距離を作ろうとしている。

沢田 無印でしたが、こちらも面白いです。

宴会に集う時間差そらぞらしコートに同じほら草の種

穂村　東　（本下いづみ）

東 よく見てますよね。さっき入ってきた人と、あ《同じ》《草の種》だって（笑）。その関係性をとっさに推理している。観察する人。

沢田 自分のことかもしれないですよ。《種》なんかついてないのに、ついてる気がしてしまう、と。

従兄M蛇を殺して皮を剝ぐ草一面の千歳船橋

穂村△　東○　（宇田川幸洋　51歳・映画評論家）

穂村 見どころは《M》っていう書き方と、それから《千歳船橋《ちとせふなばし》》の持つヘンなリアリティですね。

東 遊びで《蛇》を殺した《従兄《いとこ》M》の記憶。

沢田 まさお、とかって名前なんだな。

穂村　たぶんこの《草一面の千歳船橋》っていう字面がポイントなんでしょうね。

東　子どものときの記憶って、印象的な部分だけが残り、その他で見えていたはずのものは消えてるんですよね。実際には《草一面》じゃなくもっと何かがあったのだろうけど、記憶としては《一面》の草野原だったと。《蛇》とだだっぴろい《草》っていう心象風景がぱあっと浮かんできて、子どものわけのわかんないコワさと結びついている歌だなって思いました。

穂村　ただ必ずしもうまく行ってない。やっぱりこれは未来からの視点で書いちゃってるから、《蛇を殺して皮を剝ぐ》っていう記述が客観的なんですよね。こんなにはっきり書かない方がよくて、書き慣れてる人ならこんな感じにすると思います。

（改作例）

従兄M真っ赤な蛇をさげていた草一面の千歳船橋

東　そうですね。《皮を剝ぐ》はいいとしても、《殺して》あたりは不要かも。

穂村　《殺して》まで書かなければ、性的なものを暗示することもできると思うんです。《蛇》の《皮を剝ぐ》だけで。

東　少年のトラウマみたいな感じの短歌です。

沢田　《M》って書かれただけで、宮崎勤事件まで思い出してしまう。そんな同人評があって、「○《従兄M》で少年犯罪？　と思った。《蛇》ときて思春期のエロ？　と思った。《皮を剥ぐ》で少年犯罪ぎりぎりのエロ？　と思った。《草》以下で都市近郊の荒涼とした風景が目の前に広がって、どうしても見逃せない一首となった」（大塚）。もう一つ。「△腰の高さまで生えて風にざわざわ騒いでいる草のぞくぞくするような怖さ。映画の一シーンのように鮮明に想像してしまいました。《従兄M》という出だし、さらに《千歳船橋》という地名が最後に配されていることでの硬く乾いた雰囲気に、独自性を感じました」（ねむねむ）。

短歌の〝音〟を発見しよう。

穂村　宇田川さんも何かの表現に関する回路をもっていますね。何かやってる人、わかってる人って感じがします。

沢田　映画評論家。宇田川さんの歌、けっこう印ついてますね。でも、穂村さんと東さんときれいにずれてる。

ニザーミー・ガンジャビーせんじると苦い草のようだがペルシアの詩人

穂村△　東　（宇田川幸洋）

タミさんは草のような人だったなんの草かは忘れた昔のことだから
穂村△　東　（宇田川幸洋）

父を待つ鉄路の果ての子供たち遥かにとどけ若草の祈り
穂村　東△　（宇田川幸洋）

滅んだる草の虚像がうごき出しひみつの沙漠をおおいつくせり
穂村　東△　（宇田川幸洋）

草は枯れ髪はしらがとなりにけり世紀は終わりわが世暮れゆく
穂村　東　（宇田川幸洋）

「◎宇田川さんの歌、全部いいです。《枯れ》る、《滅》ぶ。元気な草を詠んでも、遠さ、はかなさがあって」（那波）。

穂村　《ニザーミー》の歌。たぶん人名なんだけれど、日本人のわれわれが耳で聞くと、なんか《せんじると苦い草のよう》な名前だっていう、見立ての面白さ。あと《せんじると苦い草のよう》な存在でもあるのかな。かなり高度な歌ですね。

沢田　絵も浮かんで、味も匂いもあって、ためになって、しかも笑える詩ですね。同人にも好評で、《ニザーミー・ガンジャビー》って音の発見がまずいいんだなあ。

穂村　そう。で、その音についてちょっと言いたいんですけど、この《ニザーミー》の歌は完全に意識的ですよね。この音が面白くて歌にしているってところが。他に意識的なものとしては前回の「きらきら」の巻、

狂乱の夜はふけていやふけてまだのもうきらきらてきらサンライズ　同

《きらきら》っていうのと「テキーラサンライズ」ってカクテルの名前をかけている。「草」でもう一首例を挙げると、

朝寝して宵寝するまで昼寝する槿《むくげ》の下のムクになりたし

穂村△　東　（佐々木眞　57歳・ライター）

「アサネ」「ヨイネ」「ヒルネ」に「ムクゲ」「ムク」これは音の合わせ方が意識的ですよね。一方、もうちょっとだけ無意識の方に溶けている例としては、『猫又』の自由題応募作品にあったんですが、

ペタンクを正式種目に何故しないクーベルタンくやしいよわれは　伴水

《ペタンク》ってなんか運動競技の中ではとてもマイナーな《種目》ですよね。《クーベルタン》はオリンピックを作った男爵。だから《正式種目》にされないのが《くやしいよ》っ

て彼に訴えてるんだけど、たぶんこれを書かれた動機の中には、《ペタンク》《クーベルタン》《くやしいよ》っていう「ク」の音の並びがあるんです。こっちの《ニザーミー》とかと比べると、それを別に前面に押し出しているわけじゃないけど、そういうものっていうのはグラデーションになっていて、読者も実はそういうことを心のどこかで感じているんです。
もう一つ自由題で、こんな歌がありました。

ひなびてる喫茶店での缶ビール冷えてないのになんぼ飲むねん！　さねまよそわら

これはなんか感じがいい面白い歌なわけですけど、どこが感じいいのかというと、まず《ひなびてる》《缶ビール》《冷えて》で「ヒビビヒ」があるんですよね。それから《喫茶店》の「テン」、《缶ビール》の「カン」、《飲むねん》の「ネン」があるわけですよね。「テンカンネン」。さらに下の句がほとんど「ナ行」、《ないのになんぼ飲むねん》は「ナノニナノネ」という音の連打がある。これはたぶん意識的じゃないと思いますが、読者にとっては無意識の内に好感度をアップしてるんですよね。この《なんぼ飲むねん》が感じいいのは、ここで関西弁になるから面白いってことだけじゃなくって、関西弁にシフトすることで音がよくなっている。
沢田　作る方も心地いいから使ってるってことは大きいでしょうね。《なんぼ飲むねん》って口に出して指摘する心地よさ。いわゆるツッコミです。

穂村　結局そうでしょうね。そこが無意識の領域。
東　読み下したときにひっかかり感というか、気持ち良さが全然ちがう。
沢田　「ほれしかなかってんもん」って言い訳する状況までよく見える歌。だからこの歌、票を集めたんだろうなあ。「◎心なごむおバカの風景。こういうことって、ある」（那波）。「○最高！　あるある！　そのうちお店のヒトに叱られて終了、ではないですか？」（経験者・戸所）。
穂村　好感度は絶対上がるんですよ。音に関しては、プロの歌で、こんな例もあります。

ゆるやかに櫂を木陰によせてゆく明日は逢えない日々のはじまり　加藤治郎

以前読解した文章を引用しますが、「ふたりはボートに乗っているのだろう。《明日は逢《あ》えない日々のはじまり》というフレーズが、一緒にいられる今日という時間の大切さや美しさを強く感じさせてくれる。《櫂《かい》》の雫《しずく》のきらめきや波紋の広がり、ふたりの眼差《まなざ》しや微笑みなどが目に見えるようだ」というのが情景の読みなんですが、「また一見シンプルな歌の背後には高度な表現技巧が隠されている。《ゆるやかに》《よせてゆく》は〈ユヤヨユ〉で〈ヤ行〉音。《櫂を木陰に》の〈カ行〉音。《明日は逢えない》の〈ア行〉音。《日々のはじまり》の〈ハ行〉音の連鎖が見事だと思う」と。そういうのはサブリミナルみたいに効いてくるわけです。この辺はやっぱり短歌の固有性に関わる部分なので、大事にした方がいいところだろ

う と思います。

沢田　意識して作るのはたいへんですね。

穂村　意識すればいいかどうかは微妙なんですけど。音のレベルというのは、意識的なものから無意識的なものまであって、でも確実に影響を与えてるっていうことですね。塚本邦雄さんの作品には、ここまでできるかというほど意識的に作っている歌がいっぱいあります。

ひる眠る水夫のために少年がそのまくらべにかざる花合歓　　塚本邦雄

これは「ねむる」「ねむ」と、もろに合わせているとか、

少年発熱して去りしかば初夏《はつなつ》の地に昏れてゆく砂絵の麒麟　　同

それまで地面に《砂絵》で《麒麟《きりん》》を描いて遊んでいた《少年》が、熱を出して遊び場から帰ってしまった。そのあとも《砂絵の麒麟》だけは《地に昏《く》れてゆく》っていう歌なんですけど、「はつねつ」と「はつなつ」の組み合わせの他にサ行音の高度な連鎖があります。それなんかも分解すれば二重三重に言葉が響き合ってくる。

沢田　「カバ」と「キリン」もいます（笑）。

穂村　今回の『猫又』作品にもありますよ。無印ですが、

あさつゆが光集めて草の上　新たまの朝恋をうらなう

穂村　東（さき　40歳・ワインショップ経営）

穂村　これも、上の句が《あさつゆ》《集めて》《草の上》で「アアウ」、下も《新たま》《朝》《うらなう》で「アアウ」と。そういう音の連鎖がある。

東　音の連鎖をあまり意識すると、作るのが難しくなってきますよね。内容あっての歌だから。あまり「ア」とかばかりだと単調になる、っていうこともあるし。

穂村　うん。だから、例えば、こっちの言葉とそっちの言葉、どっちにしようかなって迷う。そういうとき意味で考えず、音ではどうかなっていう比較はできる。まあそれくらいのことなんだけど。「合歓《ねむ》」と「百合《ゆり》」のイメージの他に、「ネム」という音がほしいのか「ユリ」という音がほしいのかってことですね。

沢田　この歌なんかもそう。

あの草はピーピー豆と言ったっけアホほどふいた小四のころ

穂村　東（えやろすみす　32歳・司法浪人）

穂村　みんな実は敏感なんですよ、そういうことに。「バカほどふいた」ではダメですね。《あの》《アホ》の「あ」音で気持ちいい。

沢田　この歌、隙だらけの感じで。「△まんまが気持ちいい歌」（那波）。

穂村　《アホほど》って、関西ではよく使う言葉なんですか。

沢田　「アホほど〜する」というのは常套句《じょうとうく》です。《小四》に笛を持たせたら、必ず《アホほどふ》くに決まっている（笑）。

東　「ふく」によく合ってるのね、《アホ》の言葉の気のぬけ方が。草笛みたいな力のいるものを吹きすぎると頭がしびれたみたいになるし。確かに「ア」音という明るい母音が効いてますね。

穂村　一般に「ア行」が明るいと言われてますよね。確か歴史的に有名な歌をデータ分析すると、どの行の音が多いとかあるみたいなんですよ。

東　歌の場合……ソングの方の歌の場合ですけど、口を開けた方が声が伸びる。短歌も声を出しながら作ってみるとよいかも。

沢田　「ア」は「朝」「明るい」「青」「赤」「明日」「あなた」、とかそういう言葉多いですもんね。

穂村　でも、あの歌イヤだったなあ。「新しい朝が来た、希望の朝だ」ってやつ（笑）。

東　ラジオ体操のときの歌ね。

穂村　「新しい朝」ってねえ……。あれも、「あ」「あ」と来て、「きた」「きぼうの」「あさ」って。「アアキキア」。

東　上にしか向かってない（笑）。
沢田　そのあと、「青空」「あおげ」ですもんね。
穂村　だからイヤだったんだなあ。
沢田　ダークサイドの住人にはつらい歌ですね。

言葉でズーミング。

輝く緑揺れる花弁に「座ろうか」犬のうんこと虫の世界に

穂村△　東○　（吉野朔実　42歳・漫画家）

穂村　この見どころは、下の句の《犬のうんこと虫の世界に》っていう、それまで立ってしゃべってたとき、人間の視点、人間の《世界》にいた者が、《座》ることで別の《世界》に入るっていう点かな。《犬のうんこ》や《虫》が支配する《世界》に私たちも混ざろうよ、一緒にそっちの《世界》の人になろうよ、っていうような。《座》ることで遠近感を変える、そこがいいと思う。短歌ってジャンルは、そういう遠近感を言葉一つでかなり自在に描けるんですよ。遠近感のシフトが自然に歌われている例としては、こんな歌があります。

昼しづかケーキの上の粉ざたう見えざるほどに吹かれつつをり　葛原妙子

《しづか》な《昼》に《ケーキ》があって、その上に《粉ざたう》がという……これはもう肉眼のレベルではない。《見えざるほどに吹かれつつをり》。テレビの番組みたいに接写して見たときに、どんなものも微《かす》かに震えていると。ヘンな歌なんですけど、要するに見た目上変化してないように見えても、少しずつ少しずつ《ケーキ》は崩れている、生の時間の流れとは根源的にコワいものだという歌なんです。《犬のうんこと虫の世界に》はまだ妥当なものだけれども、さらに微細になっていくと「虫のうんこ」という世界だってあるわけじゃないですか。「犬のうんこにたかる虫のうんこ」とかね、そういうふうにどんどん細胞レベルにまで入り込んでいける。それが逆に天体の方にでかくなっていくこともできるし、そういうのってたぶん人を興奮させるんだと思うんですよね。『ミクロの決死圏』とかありましたね、血管の中に入って作業する映画。

沢田　『ミクロキッズ』とか。ドキュメンタリーでは『ミクロコスモス』って傑作があります。『バグズ・ライフ』や『トイ・ストーリー』もそういう世界ですね。

東　短歌にも、カメラワークがある。例えば俳句だと、カメラ一個で切り取るしかない。アングルも一つ。

沢田　俳句は小津安二郎って感じでしょうか。

東　そうですね。小津映画の瞬間版というか。短歌は後半の七七でカメラの視点を変えることができるところがあると思います。

沢田　アルフレッド・ヒッチコックでしょうか。

東　とにかく短歌はかなり派手にずれることができる。その辺は面白い、動きがあって。

穂村　ズームしたりね。《昼しづかケーキの上の粉ざたう》……これ完全にズームしてるよね。

東　吉野さんの歌はカメラのアングルがぐっと下に降りていってる感覚ですね。

穂村　これは「座る」というアクションがきっかけになる歌なので。「二人の世界に行こう」ということの特殊なパターンというのか。

沢田　《「座ろうか」》ですから、誘ってる。

東　でも不思議な孤独感があります。

沢田　この歌もズームです。前回の「きらきら」の歌。

きらきらとそんなに笑ってくれなくていい君に焼かれる虫眼鏡ごし　長濱智子

穂村　『短歌はプロに訊《き》け！』でも引用したこんな歌を思い出します。

我を遠く離れし海でアザラシの睫毛は白く凍りつきたり　吉川宏志

これも異常なカメラの動きをしていますよね。極地に向かって大きく飛んでから急に接写する。《アザラシ》の顔のアップになって、さらに《睫毛《まつげ》》のクローズアップにまで至る。

沢田　長濱さんの「草」の歌、無印ですが、これもレンズを感じさせる歌。

２・０の目を持ってても見渡せぬ草原で真ん中探し

穂村　東　（長濱智子　27歳・食堂店員）

「◯《見渡》す限りの《草原》では普通〝果て〟を探してしまうものですが、ここで《真ん中》を探すところに長濱さんがただ者ではないことがわかります」（ねむねむ）。「◎私もスイートスポット探しの人生です。見つからない《真ん中》を永遠に探している気がする」（沢田）。

傷だらけ蒼い草には力ありお花の蜜に癒されたふり

穂村　東△　（吉野朔実　42歳・漫画家）

漫画家・吉野さんの歌は、見事にどれも彼女の作品のあの独特の繊細な描線を連想させますね。

東　同じ「草」でも《傷》のあるところ、痛んでいるところは色が濃くなっているんですけど、そういう「草」って、踏まれても踏まれても尚蘇《よみがえ》るという不気味さがあって、それがよく出ている。そんな《草》が《癒《いや》されたふり》をするんだという、戯画的な歌。実際には《癒され》てないんだけど、《お花の蜜《みつ》に》あこがれているというか、今の《傷だらけ》の気持ちと《蜜》を思うだけで、伸びていこうという自分の心とを重ね合わせているんじゃないかなあ、って思いました。実は《癒され》ないんだけど、《ふり》だけでもしておこう、って。

沢田 次の歌も、「草」に癒しを求める歌。東さんが、◎。

日《ひ》一日《ひとひ》草取る我の泥の爪にしばらく来るなと母の言《こと》沁《し》む

穂村 東◎ （大塚ひかり 40歳・古典エッセイスト）

東 これは連作みたいになってて、こんな歌もあります。

心病んで里に帰りし夏の日の落ち傾《かたぶ》くまで庭の草取る

穂村 東△ （大塚ひかり）

《心》を《病んで里に帰》ってそれでずーっと一日中《庭の草取》っていたら、《爪に》《泥》がいっぱいついてしまって、それを見ながら《母》が「《しばらく来る》ことないように。元気でね」って言ったという感じだと思います。あるいはもっと深刻で冷たく「もう来るんじゃないよ」って突き放してる？ もっと残酷な母娘《おやこ》の修羅場なのかな。どちらにしても自分の心の澱《おり》、濁りみたいなものが、《泥の爪》というものに象徴されているようで、胸痛む歌ですね。

沢田　触感と時間感覚がとても豊かです。
東　親子、特に母と娘って、同じ濃い時間を昔は生きていたんだけど、あるときからそれができない、共有することができなくなる。《母》の方もどうしていいかわからなくなってている。
穂村　ぼくにはよくわからない領域なんだよね、こういうの。
東　私も実家とか帰ると全然落ち着かないから、わかるなあ。くたびれて実家に帰るんだけど、結局そこにも自分の居場所がないわけですよ。親子って離れて過ごすともう時間の流れも価値観も違っちゃっていて。ほんとはこの作者も帰って癒してもらいたい気持ちがあるけれど、なかなかそれがうまく噛《か》み合ってないんじゃないかな。だいたい一日中《草取る》っていうのも、ほかに何にもしようがなくて、病んで黙々とやってる感じで。
沢田　病んでますよねえ。「草」に癒し感があっても、草取りは癒しの姿ではないもん。この歌わかる、って女性の評がいっぱい集まった。「◎《爪》の中に入った《泥》の痛さ、思い出しました」（大内）。「胸につかえる一首です」（本下）。「◎胸が痛む。私もそんなときがありました。時間が解決してくれますよね。《言沁む》という言葉が重くせつなくていい」（宮崎）。
穂村　ぼくは、草取りも里帰りもしたことがない。
東　やってみてよ。でも、穂村さん、親の家に住んでるから里帰りのしようがないか。

沢田　９０１号室では草むしりのしようもない。

穂村　むぅ。

沢田　うちの実家の母は、帰ったら「できるだけ長いこといるんやで」なんてこと言うけどなあ。いくつになっても大事なかわいい次男坊ですから。

東　男の子と女の子は違うんでしょうね。こんな歌をちょっと思い出したな。

家のこと短歌《うた》にするなと言ったきり柿剝きやまぬ母のこの夜　辰巳泰子

母と娘の、静かで奥深い葛藤《かっとう》ですね。

穂村　ところで大塚さんの歌、《日一日》という言い方が面白い。これはたぶん四音で五音使って読む形なんでしょうね。「ひぃひとひ」って感じで。この人関西の人？

沢田　いいえ。なんでですか？

穂村　昔、塚本邦雄さんと小林恭二さんの対談で、こういった字足らずがあって、それを小林さんが褒めたら、塚本さんが、関西では「手ぇ痛いねん」って言うから「手」は二音なんだ、と（笑）。おかしかった。

沢田　そうなんですよ。関西弁の場合、「手ぇ」「目ぇ」「毛ぇ」「屁《へ》ぇ」と、二音なんですよ。それに対して感嘆で使う形容詞が、「くさ！」「かゆ！」「くら！」「いた！」「さむ！」と一気に言うので、一音ともいえます（笑）。

東　なるほど。

わが祖母の十九の頃の初恋の秘密を横で聞いてる草もち

穂村　東○（うさころ　22歳・大学院生）

このおばあさんは、孫に聞かせているというより、一人でぶつぶつ言ってるんじゃないかな。《草もち》の香りがする中で、映画『初恋のきた道』のような、過去の《初恋》を語っている。時の流れが一首の中につまっている。今これを聞いてる人、つまりこの歌の作者も《十九》歳くらいなんじゃないかな。時を超えた関係が浮かび上がっていますね。

沢田　聞いてるのは《草もち》なんだけど。

東　一緒に作ってるのかな？　食べてるのか。

穂村　これ、《草もち》のほどよい地味さがいいんでしょうね。

沢田　「○桜もちも大福もだめ、ここはやはり《草もち》でなくては」（那波）。

東　「草」って話を吸収する感じがあるもんね。《初恋》の苦さにも通じるし。

沢田　一方で、同人のねむねむさんは「怖い」って書いてましたよ。「◎一見、ほのぼのしたいい歌に見えますが、この歌に出会って以来、ぼってりとした無口で愚鈍で、それだけにそこはかとなく恐ろしい《草もち》の姿が心を離れません。隠し事をしたとき、振り向いたそこに《草もち》がいたらと想像すると、怖い怖い」（ねむねむ）。

穂村　そういうねむちゃんがコワい（笑）。

東　そういう歌だっけ？　《秘密》があるからか。そう言われるとけっこうエグい《秘密》だったりするのかなと。おばあちゃんの《秘密》。うーんコワそう。

沢田　映画『タイタニック』のような。自分だけちゃっかり生き残って（笑）。

東　あの人ひどいよね。

穂村　題詠だと知らずに読んだ方がインパクトがある。われわれはお題が「草」だと知ってるけど、そういう意識なしに読んだら最後に驚く。

東　《草もち》！

沢田　ねむさんの感想の続きです。「『草』のお題をいただいてあれこれ考えたときに、〝草は怖い〟というイメージがありました。知らない間にすごいスピードでぐんぐん伸びるのも、廃墟《はいきょ》を覆い尽くすのも、口がないくせに風の日にはざわざわ騒ぐのも、草は怖い。そこで私の選では、草のほのぼの感とか、草の匂いの懐かしさなどではなく、草の怖さを感じさせるものを挙げました」。そんな非凡な外資系ＯＬ、ねむねむ作品。

太古の夜　草さわぐ夜に我ひとり黙ってタツノオトシゴ探せり

穂村△東（**ねむねむ　29歳・会社員**）

穂村　これ《タツノオトシゴ》がすごく不気味で、いいですね。

沢田　でも△ですか。
穂村　ええ。最初から《太古の夜》で答えを出しちゃうのがどうかなって感じたし、《探せり》の字余りは「探す」でいいように思う。
東　《太古の夜》って最初に出ちゃうとどうせ架空の場面だろうって思われちゃうから。フレームをつけるにしても、《太古の夜》だと大きすぎるのかな。この言葉を隠せばいいと思うんですよね。
穂村　もう少し現実のものを、例えば「帽子かぶって」とか「ダウンベスト着て」とか、それで《草さわぐ夜に》《タツノオトシゴ探》すという方がリアルで効果的ではないかと。この歌、子どもを流産して気がおかしくなっちゃった人みたいなイメージもありますね。
沢田　そうか、《タツノオトシゴ》は胎児に似ている！
東　たぶん言いたいことは《太古》を感じさせる夜ってことですよね。理屈を言うと昔そこは海で、《太古》には《タツノオトシゴ》がいたと、それを私は《探》しにいこうと思った、という。
穂村　なるほど。「タツノオトシゴ拾う」にしちゃってもいいかもしれないね。「探す」じゃなくて。
東　草の海に落ちてた子。その感覚はとてもいいですね。《タツノオトシゴ》って龍の落としていった子、ですもんね。

沢田　ねむねむさんの歌はとてもイメージ豊かです。

穂村　なんか歌に素敵さのオーラがありますよね。同人の長濱さんが書いてましたが。「これはもう美人にちがいない」って（笑）。継続して読んでいくと、「素敵である」というイメージが着々とインプットされていく。

沢田　まんまと。

東　こちらも似たイメージの作品。

月に指かざして狐と遊んでるすみれ咲くまでここで待ってます

穂村△　東△　（やまだりよこ　40代・上方文筆業）

穂村　影絵のイメージでしょうか。一人遊びの感じかな。これはねむねむさんに比べて本当にやってる感があります。

東　《月に指かざして》というのは遠近感がある。

穂村　「ツキ」「キツネ」か……。《すみれ咲くまで》というのが唐突なんだけど。

東　夜と昼。

穂村　そう、そこに惹《ひ》かれるんですね。ルネ・マグリットの絵にあったなあ。上の方は夜なんだけど、下が昼。そういうねじれ方を感じました。

言の葉につくせぬ想ひ持て余し素足になりて草を踏みしむ

穂村　東○（さき　40歳・ワインショップ経営）

東　透明感があってとても好きでした。《素足になりて草を踏みし》める。気持ちを裸にして《草を踏みし》める、という感じでしょうか。胸の中では《想ひ》が溢《あふ》れているんだけど、足元は《素足》で草を踏んでいるのでひんやりしている……その温度差が気持ちを落ち着かせているんだと思う。

穂村　これ《葉》と《草》をかけてますね。

東　わざわざ《言の葉》って言ってるのが効いてる。《葉》は上の方にあるもので、《草》は足元にあるもの。上から降ってくる気持ちが足元の《素足》になって土に還《かえ》っていくような。みずみずしくてかわいい歌。

沢田　かわいいですね。「○言葉には出来ないくらいの《想ひ》は、どうしたって思わず態度から雰囲気からにじみでてきてしまうように足の裏にも《草》の汁がにじんでしまっているのでしょう。《草》の汁って洗ってもなかなか落ちにくいところもそういう《想ひ》にはまる感じがしました」（戸所）。いい評です。

あぜ道のよもぎを手かごいっぱいに摘めばお祭り　春のまん中

穂村　東△　（坂根みどり　39歳・主婦）

　坂根さんは、ぼくのまたいとこ。故郷に帰るととても歓迎してくれる人です。

東　歌からも性格のよさそうな感じが伝わってきます。幼い印象の歌なんだけど、《摘めばお祭り》ってとこがいい。自分で《お祭り》を起こしてるんですよね。

沢田　この人、祭り好きだったもんなあ（笑）。宴会、祭礼、というか冠婚葬祭の全般ではりきる人。

東　一人《お祭り》、一人《春のまん中》という、自分が世界の芯《しん》にいるような原人的な感じがなかなかいいな、と。

沢田　「○最後、《春のまん中》で、ふっと引いた目線になって草むらの中に取り残されたような感覚になりました」（中村）。

草を食むトカラの馬の尾をゆらす風は斜面の向こうの海から

穂村　東△　（坂根みどり）

東　《トカラ》は鹿児島のトカラ列島のことかな。「トカラ馬」っていうめずらしい《馬》がいるみたい。《風》の感覚がよく出ていると思います。

沢田　テレビかなんかで見たのかなあ。

穂村　この歌思い出すよね。

夏のかぜ山よりきたり三百の牧の若馬耳ふかれけり　　与謝野晶子

坂根さんの歌も、おおらかな感じ。《風は斜面の向こうの海から》で、実際に《海》があるのかもしれないけど、見えない。たぶん視界としては、《草》の《斜面》に隠れてて、そこから《風》がやってくるという遠近感。いい歌ですね。自然が嫌いだからとらなかったけど（笑）。

沢田　穂村さんは人工物の方が好きなんですね。

東　北海道生まれなのに（笑）。

言葉の性感帯。

枯れ草とチクチクしたいこれ以上なれないくらい平らになって　　穂村　東○（堂郎　40歳・記者）

東　べたーっと寝るんですね。解放感というか。本当に大地に溶けてゆきそうな感じ。溶けていきたいという気持ちに共感しました。

穂村　東さんは接触のある歌が好きだからなあ。「しみこむ」とか、君の言葉の性感帯だよね（笑）。

東　ええっ？

穂村　加藤治郎さんは「水滴」って言葉が好きだし、水原紫苑さんは「モノが人になる」って歌をとっちゃう傾向にある。木が歩きだすとか。

東　擬人化？

穂村　擬人化っていうのは一種の譬《たと》えでしょ。そうじゃなくって、彼女にとっては木が歩きだすっていうのはほんとに歩きだしているんです。逆に人間がモノになる歌もとるよ。例えばぼくの、

窓のひとつにまたがればきらきらとすべてをゆるす手紙になった　穂村弘

というのとかね。人にはツボみたいなものはあるんですよね。東さんは「しみこむ」とか接触系に弱いの。触覚の歌。「あわく」とか「溶け合う」とか。

沢田　接触面積が多いほど、お点が高くなったりして。

東　あー、自分でもそうかなって思う（笑）。

沢田　穂村さんは何でしょう？

東　穂村さんは「映像が決まっているもの」に弱いかも。
穂村　そ、そう？
東　そうでしょう？　光がくっきりしているものにきっと弱い。
穂村　それはあるかもなあ。レンズを通して曲がってくるような光とかね。
東　視覚に弱いね、きっと。触覚より。
沢田　触らない。
穂村　触感って、なんか気持ち悪くて（笑）。
東　見た目重視なのね。

のら猫のとぐろをほどく束の間の冬の日だまり枯れ草の床

穂村　東△（那波かおり　43歳・英米文学翻訳家）

沢田　この《とぐろをほどく》はうまい表現。
東　景色がよく伝わってくる。《のら猫》が寝てて、寒いから最初はかたまってたけど、だんだん開いていく感じが心地いい。本当は《とぐろ》っていうのはいいイメージじゃないですよね。《のら猫》という存在の危うさみたいなものがある。上の句が強い表現なんで、下の句でおだやかな表現をとって成功させていますね。
穂村　さて、次の二つの歌なんですが。

「七草のさいごのひとつ何だっけ？」午前3時の電話の口実
穂村　東△（よしだかよ　30歳・らいぶらりあん）

やれ寝るか草木も眠るウシミツどき妻の寝言は「ちよのふじ」なぜ？
穂村　東（国見太郎）

沢田　どちらもカギカッコのセリフがある歌ですね。

穂村　はい。カッコで突飛な言葉が出てくる例として、ぼくらの歌にはこんなものがあって、比較してみたいのですが。

「…び、びわが食べたい」六月は二十二日のまちがい電話　東直子

「そら豆って」いいかけたままそのまんまさよならしたのさよならしたの　同

「眠ってた？　ゴメンネあのさ手で林檎搾るプロレスラー誰だっけ？」　穂村弘

東　あ、穂村さんの歌、これ「七草の」と同じ世界。《電話の口実》もの。女心の歌だよね。

穂村　よしださんの歌は、字余り問題はともかく、《電話の口実》でいいのかもしれないんだけど、ぼくだったらこんなふうにフレームは作らないですね。《眠ってた？》って言い方で電話であるということを示すやり方をとる。

東　《口実》まで言っちゃわない方がいい。そう言わずに、穂村さんは《あのさ》っていう

セリフでその感じが出るように書いてるんですね。
穂村　もう一首の「ネゴト」ものっていうのもけっこう例はあるんですよね。でも《ちよのふじ》くらいではやっぱり、破壊力不足ですね。もっとヘンなものいっぱいある。「ちよのふじ味」とかね。こういうときには言葉のワクが壊れているものを持ってこなくちゃダメなんです。《ちよのふじ》っていうのはまだワク内のヘンなものなんで。「味」がつくことでワクが壊れる。
東　奥さん《ちよのふじ》ファンなんだ、って理由をつけられてしまいかねないし。結句の《なぜ？》というのも気になるなあ。
穂村　うん。まともすぎる反応。《びわが食べたい》も《そら豆って》も《林檎搾るプロレスラー》もそれ自体が別世界へのベクトルを持っているんですよね。《びわ》はそもそも《まちがい電話》なんだし、「異世界からの通信」みたいなところがあるわけですね。《そら豆》は《そのまんまさよなら》するから自分が「別世界に旅立つ」イメージ。そういう文脈でいうと、《プロレスラー》は「別世界への誘い」みたいな感じでしょうか。《眠って》ないで一緒に私と別世界に行こうよ、っていう。
沢田　東さん、これは本当にあったの？　《びわ》電話は？
東　あっ、いえ……（笑）。
沢田　《びわ》と《六月二十二日》っていうのがいいなあ。具体的で。

穂村 そうなんです。絶妙についてる感じがするんですけど、でもそれがどうついてるか説明するのはとても難しい。前回の「月曜」と「トマトジュース」のつき方に近いと思います。

かくれんぼ　土管すらない草むらで　あなた一人を待っていました

穂村　東△（鶴見智佳子　35歳・編集者）

東 《土管すらない》って、わざわざ《草むら》には《土管》があるべきだということを言外ににじませているのが面白い。

穂村 これも同時代性があるなあ。《土管》のある《草むら》のイメージを知っている世代じゃないとわけわかんないね。あの頃は『サザエさん』の風景にも必ず《土管》つきの原っぱがあった。

東 『ドラえもん』とかね。必ず三つ重ねてあるの（笑）。

沢田 『おそ松くん』『オバケのQ太郎』『ど根性ガエル』『ひみつのアッコちゃん』『ハリスの旋風』……《土管》は当時の子どもたちの現場の友でした。

東 人の営みを感じさせない《草むら》ってことですよね。でも「何もない草むら」って書くよりはるかにいい。

穂村 《あなた一人を》ってくどさもいい（笑）。名前出してもいいかもしれないですね。「ナオト一人を待っていました」とか。

東　ねらい撃ちでコワいですね。何にもないところで、裸で待っているみたい（笑）。他のものは何もいらない！　みたいな。

紫陽花のかたいかたい芽死んだふり　もすこしがまんワタシもがまん

穂村　東△（大内恵美　30歳・中学校教師）

穂村　咲く時期を待ってるってことかな。これはエッチな歌なのかなあ、もしかしたら。

東　え？《紫陽花《あじさい》》が咲きたくてしかたないのをまだ《がまん》して待ってる歌だと思うけど……。ただ《ワタシもがまん》って何だろうね？　確かに必死でこらえているような妙なエネルギーを感じますが、でも前後からするとエッチ説はちょっと……。

穂村　うーん、じゃこれは、僕がエッチなだけで、作者はエッチじゃないってことにしとこう（笑）。

さし絵とはちがった草の入りたるをまあよしとして三つ草がゆ

穂村△　東（えやろすみす　32歳・司法浪人）

沢田　《まあよしとして》がいいですね。

穂村　これは、現実を描いているところが面白いと思いました。七草がゆの絵を見て、それと比べてるんだと思うんですけど。《三つ》しか「草」が入っていないなあ、って。

東　でも《まあよし》、と。

穂村　短歌のある種の基本。さっきの「脱衣所」の歌もそうですよね。実際にそうやったらそうだった、っていうそれだけの歌なんですけど、頭の中では絶対に予想できないことだから、それをただ書くだけで面白い。

税務署へ届けに行かむ道すがら馬に逢ひたりあゝ馬のかほ　斎藤茂吉

っていうのがあって。《税務署》に《行》こうとしたら途中の《道》で《馬に逢》ったと。《あゝ馬のかほ》！　っていうそのまま、それだけの歌なんですけど、そういう流れが短歌にはあるんです。リアリズム。頭の中で考えた面白いことよりも、現実の思いがけなさは常に上回っているっていうこと。《さし絵とはちがった》の歌もそれですね。

東直子とブルース・リー。

君といたねこじゃらし公園の夏よ　六時間目自習のような

穂村　東◯　(沢田康彦　44歳・編集者)

東　《六時間目自習》という比喩《ひゆ》がいいなあ。

穂村　《ねこじゃらし公園》という名前もいいです。作りですか？
沢田　いや世田谷《せたがや》に実際あるんですよ。
東　《六時間目自習》の解放感。学校にいなきゃいけないけど、何をやっても自由という。それと、今ここに《君》といる時間の自由さがよく合ってると思う。「〇この回想歌の少年感。《六時間目自習》なんて言葉、もう忘れていました」（長濱）。「〇思い出せそうで思い出せない部分の観点を、こしょこしょと刺激されました」（本下）。
穂村　なんか《ねこじゃらし公園》に微妙なエッチさがありますね。
東　ありますね。明るめの（笑）。これから何をするのかな、って。
穂村　ねこじゃらす。
沢田　腹這《はらば》いになると隠れられる。これ、高校生の同人・中村のり子ちゃんから昼休みにメールが来て、「五時間目は自習です」って書いてあったんで、あいいな。いつか使おうと。
穂村　そういうの大事ですよね。『手紙魔まみ』は全編それですよ（笑）。
沢田　《まみ》さんは、本当にそういうこと書いてきたんですか？
穂村　そういうところとそうじゃないところとがあるけれども、本当の言葉が持っている力ってあるんですよ。
沢田　東さんにはあるでしょ、子どもがいるから。
東　子どもが小さい頃はよく面白いことを言ってくれましたけど、最近はだんだんつまんなくなってきた。あんまり話もしてくれないし（笑）。昔は「あしたは命がけで猫のおうちを作ろうね！」とか言ってくれてたのになー。

沢田 それ既に詩ですね。

穂村 もう一首、子どものがありますね。

草蹴って空き地を走る女から自由であった思春期前の日

穂村　東（柳沢治之　44歳・歯科医）

ここには、終止形か連体形かわからないって問題が出てますね。《走る》のは自分か《女》か。《草蹴《け》って空き地を走る女》って一気に読んじゃうでしょ、これ。

沢田 一瞬そうなのかと読んじゃうなあ。女の子と鬼ごっこかなんかしてて、追われたりしてて、その頃は性とは全然関係のない地点での遊びであった、なんて意味なのかと。

穂村 そういう混乱は呼びますよね。上から読みくだすとそういう取り方もできちゃう。本当はきっと、自分が《女から自由》で《草蹴って空き地を走》っていたんだけど、こう書かれると……口裂け女に追いかけられているイメージになるんですよね。

東 二句目で一字空けをしたら問題解決かな。

（改作例）

草蹴って空き地を走る　女から自由であった思春期前の日

穂村　《女から自由であった》って面白い言い方ですね。

沢田　今は不自由なのでしょうね。

穂村　自作ですが、同じような感覚を歌ったものがあります。

自転車の車輪に回る黄のテニスボール　初恋以前の夏よ　穂村弘

沢田　あ、昔の歌ですね。ビジュアルくっきりと見えますねえ。穂村さん、今ではこんな青春の歌、もう詠《よ》めないんじゃないですか。

穂村　それ以前に、こういう光景自体見ないでしょ。ぼくら子どもの頃、これよく見ましたよねえ。車輪のスポークにボールはさんでるの。

東　天地真理の歌、思い出すよね。

沢田　それって、ものすごく普通の連想（笑）。と、そんな普通の東さんの、普通じゃないすごい歌を今回も二首いただいてます。穂村さんは◎と○。まず○の方から。

草の花あつめたようなハモニカの音色に眠る地の昼休み

穂村○　東　（東直子　38歳・歌人）

穂村　これ難しいんですけどね、ぼくの印象としては、《昼休み》に例えば野球部とかブラスバンド部とか、そういう音が遠くの方で聞こえているようなイメージでしょうか。

沢田　《地の昼休み》っていうのがいい。地平線が見える。ポプラがそよぐ。

穂村　そう。まずこんなヘンな言い方というのは出てこないと思うんですけどねえ。このよさは、ある《音色》に全体が支配されているような感じかなあ。地味な《音色》に統《す》べられているというのか。《音色》が支配するということはあるわけですよね。チンドン屋についていっちゃいけないよ、みたいなね。ハメルーンの笛吹きみたいな。ああいうような音楽……擬似的な死の世界っていうのかな、それをこういう語順ではなかなか表現できないんじゃないでしょうか。

沢田　気持ちのいい歌だけど、でもいわゆる不吉さというものも同時に感じさせますね。

ふたりしてひかりのように泣きました　あのやわらかい草の上では

穂村◎　東　（東直子）

今回も『猫又』投票では人気トップ。「○はらはらとこぼれる《ひかり》の粒。凍る音。

無声映画なのに《泣き》声が聞こえた感じがしました」（響一）。「○神々しい」（戸所）。「△《ひかりのように泣》く？　不思議な感覚です。東さんの歌はいつも透明感があふれていますね」（長濱）。

東　みなさんに気を遣ってもらっているのかな。

沢田　そんなことないですよ。みんなそんな余裕はない。

穂村　でも、これはやっぱり東さんのがいちばんいい。文句なしの◎です。これは『猫又』の評で沢田さんが完璧《かんぺき》な読みをしています。「◎一見普通で実は異常。《ふたりしてひかりのように》と来たら普通は〈笑う〉ものである（《ふたり》と《ひかり》は親戚《しんせき》のような言葉ですね）。結句にしても、普通なら《あの》～《草の上で》なのに《では》と来た。普通なら〈ふたりしてひかりのように笑ったね　あのやわらかい草の上にて〉なのでしょうが、そうなったらがぜん退屈。そこに短歌の秘密があるのかな？」（沢田）。……その通りですね。《ふたり》《ひかり》といった音の感じとか、この微妙な語法のおかしさ。ただ、「光」と「泣く」が感覚として、やっぱり結びつかないわけではないという例でこんな歌を持ってきました。

兄妹のくちづけのごとやさしかるひかり降る墓地　手放しに泣く　　山田富士郎

これもイメージは似てますね。

沢田　《やさしかる》って？

穂村　「やさしき」と同じ意味ですね。形容詞「やさし」の連体形。「やさしき」と言わないで「やさしかる」となっているのは五七五七七の音数に合わせるためだと思います。

沢田　《泣》いてますね。

穂村　《泣》いてます。かなりネラってる感じはありますが、いい歌です。

東　《兄妹のくちづけのごと》って表現、すごいですね。

沢田　ところで東さんの歌、どうして《草の上では》にしたんですか？

東　うーん……、そこ《では》素直になれる、という感じかな。

沢田　限定条件の《では》か。

穂村　『手紙魔まみ』の《まみ》ちゃんからの手紙の一節に、「大きな木の下では二人とも生徒になってしまう」という表現があって、これはいいなって思ったんだけど、短歌はできなかったなあ。

沢田　東さん、《あのやわらかい草》の《あの》って何ですか？　カラみますけど（笑）。

東　《あの》思い出の《草の上では》って意味かな？

沢田　かな？　って！（笑）

穂村　これは実体験なの？　東さんの歌はみんな実体験だって説があるけど（笑）。

東　うーん……これは心象風景。

穂村　そんな高級なものがあったんだ、心象風景……。
東　あ、ひどい！
穂村　でも実体験とセットでしょ、君の心象風景は。
沢田　カラみますね。
東　どこかでね。どこか遠いところから突然蘇《よみがえ》ってくるの。なんか見たような気がするって思うこととかあるなあ。
穂村　こういう歌から何を思うかというと、ヌンチャクだね。
東・沢田　ヌンチャク？
穂村　ヌンチャクって、ヘタなうちはぎゅっと握って、バンバン振るじゃない。でもうまくなると指先しか触れないし、名手がやると空中では指が触れてない状態になるんだよね。東さんの歌もそういう感じがするんですよ、言葉の斡旋《あっせん》が。ほとんど言葉に指を触れずにある何かすごいものを創り出している。普通は「千歳船橋」とか、「ひとみちゃんのえんぴつけずり」とか、明らかにねらいに行くわけですよ。これでどうだ！って。でもそれはやっぱりぎゅっと握っている状態で。でも東さんのこういう歌って何にもないじゃないですか。ほとんど空中にヌンチャクがあるだけで、でも攻めに行くとバコーンと殴られるような破壊力がある。
沢田　おお、わかりやすい説明だ。

穂村　だってまったく普通なんだもん、言葉自体は。ただその組み合わせと流れが特殊なわけで。バトントワリングでもなんでも、名手ほど滞空時間が長くって、握っている時間が短い。言葉のハンドリングがものすごくやわらかいですね。

沢田　でも東さんは、「ヌンチャク」と言われてよくわからないかもしれないですが（笑）。

東　わかりますよ、ブルース・リーが使ってたやつでしょ。同級生がマネしてた気がする。あれは……、筋力トレーニングの道具？

沢田　やっぱりわかってなかった（笑）。

東　あ、あれで敵を叩《たた》くの？

沢田　この人、名作『燃えろドラゴン』、完璧に見てませんね。

人名を入れ込んで詠む

イラスト・粟田麗（女優）

敢えて「人名を入れ込んで」と言われたら、あなたは誰の名前で詠みますか？　古今東西誰でもいいわけだし、あるいは恋人、家族、友人、未知の人でもよいわけです。主宰としては、こんなに楽しみだった回もありません。有名すぎる有名人から、知らんがなという無名人まで、それこそ各人各様の固有名詞にまつわる思い、見解がストレートに詠われました。出題は穂村さんです。

イラストは栗田麗さん。映画『東京兄妹《きょうだい》』のあの美少女も今はもう大人、ベテランの女優です。この人名「麗」は「うらら」と読みます。問いつめたら、やっぱり山本リンダの歌が流行《はや》ったときの命名でした。「クラスにもう一人いた」そうです。

穂村&東の選【人名を入れ込んで詠む】30首

△◎　シンペイと二人で暮すことばかり考えて笑う　一人も好きよ　宮崎美保子

△○　無口なまま恋去った夜うるむ目にカンパネルラの鈍行列車　やまだりよこ

△○　イトウスミコ　川に落ちたこと　園服のバナナ色が最古の記憶　ねむねむ

△○　スズメバチの子チバスズは「もう頼まれても泳いだらへんねん」　沢田康彦

△○　多田さんの訃報涙の連絡網「田代さん」と伝えた気もする　本下いづみ

○○　ヘレン・ケラーの想うみずうみ　しじまよりしじまにふれる夏がはじまる　東直子

○　あかねさすアラン・ドロンは狼の乳房にふれたまま眠りおり　同

○　少年は光速で去りゆくもの校庭に二宮金次郎おいて　伴水
○　つかまえてくれない人と帰りみち今日はルパンにさらわれたいよ　中村のり子
△　生理とは犬にもあるかと知ったのはエスメラルダのおしり見たとき　宇田川幸洋
△　「狂犬病の注射に出頭せられたし。佐々木ムク殿」と鎌倉保健所は葉書を寄越せり　佐々木眞
△　マサオ氏のけして開かぬ三角目が　こんな月夜を寂しくさせる　長濱智子
△　炎天下　内臓出そう？　つぶしたら　グレゴール・ザムザ思いためらう　大内恵美
△　耕ちゃんがもし障害児じゃなかったら眞とは別れていたよと美枝子いいけり　佐々木眞
△　七オに誓う七オプロゴルファー猿を愛するために生まれて　東直子
△　ゲオルグを「誰だっけ？」って聞いたのは3回目ですもう言いません　本下いづみ
△　「花八木」にヤアと望月現われて新しき酒あけるか今夜も　柳沢治之
△　佐藤左右衛門佐藤左右衛門この名前だけで生徒会長になっちゃった　伊藤守
△　まだ乗れる岡部幸雄にダービーの乗り鞍はなく戦後遥けし　堂郎
△　天国の5秒手前にいる君をおくりとどけるアインシュタインの舌　伴水
△　だいじょうぶ逢えない日には僕なんかハナ肇の銅像だから　本下いづみ
△　心配だ　うちのマサキは瘦せている　ミドリ丈夫で葉が多いのに　坂根みどり

△「さよなら」は言えなかったね「じゃあまたね、ユウスケ」たぶん最後の電話　うさころ

△午前2時フェルマーの式解く手触りとペルシャ絨毯の模様不可思議　柳沢治之

△流血のリング日暮れて川崎にテリー・ファンクのバンダナ朱し　那波かおり

△「か？」「かあ」「かぁ」「かー」「か〜」「か！」「か（怒）」「か（微笑）」「くわー」「がー！」元気です「か」猪木のはどれ？　響一

△君たちはキウイ・パパイヤ・マンゴーとアケミが歌ったあの夏思う　長濱智子

△シンペイといまこの時にめぐり逢いお酒はウマイ目覚めは愛《かな》し　宮崎美保子

△まゆちゃんと連絡はいつも10円玉リミット3分ドキドキ電話　今川魚介

△梅雨入りのキス梅雨明けのキスそしてきみのこころをショパンもしらず　伴水

沢田　こういったお題はよくあるんですか？

穂村　よくありますね。題詠の定番の一つです。

東　私は実際に作ったのは初めてでしたが。

沢田　全体を通してどうでした？

穂村　面白い。たぶん無理なく面白がれる題なんじゃないかな。しばりには違いないんだけれど、それがプレッシャーになるようなお題ではなかった。大きく分けると「人名」の歌に

は二パターンあるんですね。一つは著名人を入れる。《ヘレン・ケラー》《アラン・ドロン》《アインシュタイン》《猪木》とか。その場合は、一応共通理解のあるものということが前提になっていて、詩語としての人名というか、それ自体に情報量が多いという特徴がある。

沢田　その一言でイメージが伝達できるわけですね。

穂村　《ヘレン・ケラー》だったら、それは三重苦の偉人で水を触って「ウォーター！」とサリヴァン先生に教えてもらってとか。《アラン・ドロン》というのはいにしえの美形の俳優でとか。《猪木》だったら「ダァ！」とか。知識としてどれくらい知っているかは人それぞれなんですが、まず言葉でいちいち説明する必要もない点がすごく有利なんです。逆に読み手がその人を知らないとその効果は上がらないという弱みがある。だから、東さんもかなり著名な《ヘレン・ケラー》《アラン・ドロン》とかを扱っているし、ややマイナーな《プロゴルファー猿》の場合は、それ自体面白い言葉なんで、直接どんなキャラクターなのか知らなくても読めるような作りにしてある、と。もう一つのパターンは、《ユウスケ》とか《シンペイ》とか《まゆちゃん》とかという、作者にとってのたぶん身近な人を詠み込むもの。当然読者はそんな人の知ったことではないわけで。

沢田　誰やねん？　とツッコみたくなる。

穂村　そう。でもそれを入れることにより、「あなた」などに比べて個別性が生まれるので、そこに〝あるリアリティ〟が確保されます。例えば、

「さよなら」は言えなかったね「じゃあまたね、ユウスケ」たぶん最後の電話

穂村　東△　（うさころ　22歳・大学院生）

これがもし《ユウスケ》が「あなた」だったりしたら、まったく無意味な歌になってしまう。ただ《ユウスケ》があるだけで、あるレベルのリアリティが確保される。以上、大きく分けて、この二パターンがあったな、と。

東　著名人の場合、もうイメージができあがっているので、そのイメージ通り、べたに描いても面白くないんですよ。で、どう変化をつけていくかというところが眼目になります。

穂村　「アラン・ドロンみたいにカッコいい」と書いてもそれは無意味になってしまう。

沢田　それにしても穂村さん、今回は◎が一つもありませんね。

穂村　うーん、強いていえば東さんの《ヘレン・ケラー》かな。これが東さんでなければ文句なしに◎ですね（笑）。

ヘレン・ケラーの想うみずうみ　しじまよりしじまにふれる夏がはじまる

穂村〇　東　（東直子　38歳・歌人）

これはさっき言った、詩語としての人名ですね。《ヘレン・ケラー》自体の持っている情報。《ヘレン・ケラー》がそもそも外界をどう認知しているのかっていうのは普通の人間に

はわからないわけです。三重苦と言われているけど、実は自閉症だという説もあるようですし。いずれにしても普通とは違う認知の仕方をしている。水に手を触れさせながら、サリヴァン先生が「ウォーター」って彼女の手に何度も書いたら、その一瞬で水を、すなわち世界を認識したっていうのが伝説ですよね。水を理解した＝世界を理解したみたいな。そのことと《みずうみ》を《想う》ということがどこかで響いてくる。われわれが《想うみずうみ》とは全然違うわけで、それはどういうものかちょっと計り知れないわけですが、一つ言えるのは実際に水遊びとか魚釣りとかできるわれわれよりももっと強い希求感がそこにはあるだろうっていうようなこと、それが上の句でたぶん出ているんですよね。

沢田　《しじまよりしじまにふれる》っていう表現が捉《とら》えにくい。でも、それこそが《ヘレン・ケラー》だという見事な表現になっています。

穂村　《しじまよりしじまにふれる夏がはじまる》というのは微妙な表現なんだけれど、普通の《夏がはじまる》に《みずうみ》と来たら、われわれには「夏だから湖に行こう」という当たり前のことになっちゃうんですけれど、《ヘレン・ケラー》にとってはそんな単純な結び方はできない。

沢田　漢字の「湖」ではなく、ひらがなであるというところも着目点ですね。

穂村　実はぼくも《ヘレン・ケラー》の歌を詠んでいるんです。

ウエディングドレス屋のショーウィンドウにヘレン・ケラーの無数の指紋　　穂村弘

一種のホラーをねらったものなんですけれど、普通の人が普通にできることに対する希求を書こうとしていて、《ヘレン・ケラー》はまあ、その状態では《ウエディングドレス》を着てお嫁さんになるっていうのは厳しい。そんな彼女の心が《ウエディングドレス屋のショーウィンドウに》へばりついて、《指紋》として《無数》に残っているっていう歌ですね。実際何かのホラー映画にそんなシーンありましたよね。それを見て「あ、おんなじだ」って思ったことがあります。われわれの心の中にある希求感というものを、《ヘレン・ケラー》によって表そうとしている。誰しもの中にそういうものがあるから、《しじまよりしじまにふれる夏がはじまる》わけですね。暗くて、《夏》の明るさじゃ全然ない。静かで音がない。音がないからよけいにきらきらしていたような、そんな《夏》の描写。

沢田　《しじまよりしじまにふれる》って、なかなか言えない言葉ですね。

穂村　ああ、全然言えないですね。上の句も作れない。《ヘレン・ケラーの想うみずうみ》。しかもその配合が完璧《かんぺき》なんで、まあ文句なしの秀歌ですね。

あかねさすアラン・ドロン。

沢田　《アラン・ドロン》の歌。

あかねさすアラン・ドロンは狼の乳房にふれたまま眠りおり

穂村○　東　（東直子）

穂村　《あかねさす》は元々は「紫」とか「日」「昼」とかにかかる枕詞《まくらことば》で、茜雲《あかねぐも》や茜色、暗い赤というイメージもある。《アラン・ドロン》もそうで、美貌《びぼう》だけれどもノワールの印象、黒の印象があって、髪の毛が黒いとか、ギャングの役とかも黒で、或《ある》いは彼は同性愛者であるという噂とか、そういうものも引きずっていたと。それが《あかねさす》っていうものをかぶせることにより、なんか暗く冴《さ》えたイメージ、孤独な感じがする。普通は人間が人間を生むから、《アラン・ドロン》にもお母さんがいるわけだけれども、そういう連続性を絶たれたところに彼はいて、つまり《狼》の子どもだ、という位置づけですね。孤独な《眠り》というのがそこにはある。

沢田　「◎こてこてになりがちな名前入りの歌を、どうしてこんなにさらりと詠めるのだろう……西日を浴びて丸くなる《狼》がみえます。《狼の乳房》って美しいです」（中村）。「○安らかで淫靡《いんび》でゴージャス！」（那波）。ところで枕詞の《あかねさす》はこういう使い方でもいいんですか？

東　例えば、

春の夜の夢ばかりなる枕頭にあっあかねさす召集令状　　塚本邦雄

っていうのがあります。枕詞を現代の言葉にくっつけて新しい使い方をするのは、現代短歌ではよく行われています。

穂村　《召集令状》＝赤紙の赤にかかってます。高橋睦郎《むつお》さんにはオリジナルの新しい枕詞を作る試みがありますね。

東　例えば《あかねさす》っていうのは、本来「明るい」とか「朝」とかにつながるものなんだけど、もともとこの枕詞自体は意味のないものだから、言葉の響きから自分でアレンジして「あ」につながるものとしてもってきました。抽象化した《アラン・ドロン》を出したいと思って。

沢田　東さんのもう一首は、漫画のキャラ。

七才に誓う七才プロゴルファー猿を愛するために生まれて

穂村△　東　（東直子）

穂村　これは前の二つとはちょっと作りが違っていて、《プロゴルファー猿》というのは、明らかにマイナーなんですね。猿と一緒に育った野生の少年プロゴルファーが活躍するっていう漫画なんですけど、それを知っている人は多くはない。でも面白いですよね。まず《プロゴルファー猿》って言葉が（笑）。本物の猿が《プロゴルファー》になったって知らない人は思うかもしれないし。藤子不二雄A作でしょうか。

東　そう、『笑ゥせぇるすまん』とか、ちょっとダークが入ってるほう。

穂村　状況としては、子ども同士の会話を親が聞いている感じかなって気がするんですけど。《七才》の子が《七才》に、私は《プロゴルファー猿》と結婚すると言っているとか。そこをもうちょっと広いイメージにしていこうとしています。現実にあったことでも、それが読者一人一人の胸の中で解凍されてイメージが広がるようになってないと歌はうまくないわけで。この歌も、自分が幼い頃に荒唐無稽《こうとうむけい》なある願いを抱いたとか、いつかまだ見ぬ人と結ばれるだろうという思いが潜在的にあるとか、そういったところにつながっていく感じ。でも例えばこれが「なんとかのヴィーナスを愛するために生まれて」だと、そのきれいさによってまったく説得力を失ってしまう。《プロゴルファー猿》という異形のもの、ほかの人にとっては、なんだ猿のゴルファーじゃないかっていう、そういう自分だけのものを愛するために人は生まれてくる、その孤独さと愛の希求みたいなところ。そんなことを全然考えなくても東さんは書ける。すごい才能ですね。

沢田　今回の東さんの選んだ人は、みんな「人を超えてる」人たちですね。

穂村　そう。人とケモノのブレンドみたいなイメージ。そういうのが東さんはとても好きなんですね。

東　あ、そうですね。ひどく共感してしまう部分があって。

沢田　さて、ではどんどん進みましょう。東さんの◎もある、《シンペイ》三首。

東　とても好きです。

シンペイと二人で暮すことばかり考えて笑う　一人も好きよ

穂村△　東◎　（宮崎美保子　52歳・アクセサリー・デザイナー）

シンペイといまこの時にめぐり逢いお酒はウマイ目覚めは愛《かな》し

穂村　東△　（宮崎美保子）

シンペイに心うきうき花飾る時が流れて紫陽花色づく

穂村　東　（宮崎美保子）

沢田　一首一首の短歌の出来がどうのこうのと言う以前に、ただならぬ思いが湧いていて、看過できないです。

東　何があったんだろう？　《シンペイ》っていうカタカナの男と、って思いますよね。さっきの《ユウスケ》とか《シンペイ》って、言葉の響きがいいんですね。言葉と内容とが響き合うとき、すごく面白い歌が完成すると思う。名前がつけられたときには意味を持たないというか、誰にでもつきうる名前なんだけど、不思議とそれをつけられて生きていくうちにだんだんその名にふさわしい〝その人〟になってゆく。名前ってコワいなと思います。

穂村　これ確かに《シンペイ》だから活《い》きてるっていうのがありますね。これが「キョウスケ」だと違う（笑）。

東　軽い音になっちゃう。

穂村　「あなた」とか「あの人」だったら、まったくダメで。

沢田　東さん、《一人も好きよ》の歌は、なぜ◎ですか？

東　《シンペイ》シリーズの中でも特によかった。一字空けの前までは、《二人で暮すことばかり考えて笑う》というありふれた感情ですよね。そのあとに《一人も好きよ》という転換がすごく意外で。最初はただ単に「基本は《二人》だけど今はたまたま一緒にいないだけの《一人も好きよ》」って読んだんだけど、これよく考えると「結局《二人で暮す》ことはできない」っていう諦念《ていねん》があった上での《一人も好きよ》じゃないかと思い至ったんですよ。だから《一人》の心の中に、一瞬なんだけど矛盾したものがぐじゃぐじゃになってて、で、結局のところはこの人は《一人》でいることしかできないという壮絶な孤独感を背負った歌なんじゃないかなって思って、共感しました。

沢田　とにかく今現在は《一人》なわけか。

東　そう。執着心と諦《あきら》めとを同時に感じさせる迫力のある歌。とにかく《考えて笑う》というのはコワいですよね（笑）。

穂村　そう、この《笑う》が効いてます。

東　いつも《考えて》るんだろうなあ。でも《暮す》ということはできないんだろうなあ。でも、《二人で暮》したら、あんなことしよう、こんなことしようって《考えて》ふふふと

《笑》っている、という。普通なら、どうせ自分なんか……とかってイジケちゃうパターンが多いじゃないですか。暗い方に考えて。でもこれ妙に楽しんでる余裕があって、そこがいい。

穂村　東さん、ものすごく感情移入してますね（笑）。

東　でも、考えてみると、穂村さんの方がこうなる可能性高いよ。

穂村　え⁉　ど、どうなる可能性⁇　なんか関係あるの、今回のテーマに？

東　だって、誰々と二人で暮らすこと考えて笑うひろし、そう言いながら一人で菓子パン食べるの好きよ、って感じで。

穂村　あ、もうなってるなー……。

沢田　この《シンペイ》が実は存在しなかったら？　と思うとすごくコワいです（笑）。

東　えっ、想像上の人物⁉

沢田　妄想上の。「いる」って本人は主張してましたが、未《いま》だに証拠はない。

東　じゃ、見せてください、って言ってみたら？　証拠を見せろって（笑）。

沢田　コワいからやめときます。家に行ったら美保子さんがわら人形とか出してきて、「シンペイです」って。

東　きゃあ！……でも、短歌は妄想から傑作が生まれますからね。

R指定の歌。

少年は光速で去りゆくもの校庭に二宮金次郎おいて

穂村○　東　（伴水　47歳・作家、写真家）

穂村　小学校の《校庭》に《二宮金次郎》の銅像がある。今はない所も多いんでしょうけど、日本古来の伝統としてはそういう存在がある。たきぎを背負って本を開いている《少年》。働きながら勉学をしたという彼のように、みなさんも勤勉でありなさいという教え、それが前提になっている。一方で毎年毎年《少年》たちは入学しては成長して去っていく卒業していくという流れが学校にはあって、でもただ一人《金次郎》だけは誰より勤勉でありながら、卒業することなく《校庭》の片隅にあり続ける。《少年は光速で去りゆくもの》というのは、まさに「少年老いやすく」ですね。次々に生まれては卒業しておじさんになるという人の生きる流れというのが一方にあって、流れの川のようなほとりにただ一人老いない永遠の少年《金次郎》がいる。静止する《少年》のイメージ、そんな対比が美しく詠《うた》われています。ただ短歌的な言葉の置き方はあんまり意識されていないようですね。

東　破調。これもうちょっときちんと定型に収まっていたらなあ。なんかカクッと終わっちゃったんで、私はとらなかったんですが。

沢田　『エイトマン』のイメージもありました。子どもは、いつもしゅーって言って走ってゆくから。光る海、光る大空、光る大地を。

穂村　あと《光速》と《金次郎》の「金」とかね。

沢田　K音が響いています。

東　《光速で去りゆくもの》。小学校の側から少年を見ている視点が面白い。映像を早送りで見ているという感じもある。

沢田　さらにうがって考えると、飛び出す精子と残される「金」の玉、という読みもできますね。できないか（笑）。いやできる！　伴水さんは、性の研究家でもある伴田良輔さんだし。

穂村　ただ当然ながら、こういうものは翻訳できないというか、《二宮金次郎》がどういうものかを知らないと全然わからない。「銅像」とすらこれは書いてないから。

沢田　知らない若い人は、東京の〈八重洲《やえす》ブックセンター〉の前にあるので見に行ってください。

天国の5秒手前にいる君をおくりとどけるアインシュタインの舌

穂村△　東　（伴水）

穂村　セクシャルな意味だと思うんだけど、セックスをしていて、女性の方が絶頂に達するぎりぎり直前にいると。それを最終的に《舌》で導くという歌ですね。

東　え、そうだったの⁉

沢田　無論そうでしょう。

穂村　そこに《アインシュタインの舌》が出てくるところがミソ。これ、前提にはあの《アインシュタイン》の有名な写真があるんですね。べろーっと長い《舌》を出してるやつ。でもたとえそれを知らなくても、セクシャルな場面に突然《アインシュタイン》という知性の象徴みたいなものを出してくるところが面白い。まああの写真自体、知性の象徴みたいに思っている人が《舌》を出してるところが面白いというのがあるんだけど。だからよりエロいということも言える。同時に別の回路も開いていて、《天国》っていう言葉の使い方だよね。《アインシュタイン》は、堅く言うと、その理論の延長線上で原爆が製造されたといった事実もあるわけで。するとそれは「地獄」の製作者じゃないかみたいなこととか。

東　そうそう、その点で、私は一瞬面白いと思ったんだけど、なんか不謹慎な感じがしてとらなかったんです。

沢田　うん。でも元々あの《舌》の写真自体が既に不謹慎だからなー。ニコラス・ローグの『マリリンとアインシュタイン』という映画を思い出しました。あれも知性とエロチシズムの融合のような映画ですから。マリリンを《おくりとどけるアインシュタイン》。そして原爆が炸裂《さくれつ》して……。

穂村　でもまあ表面的にはエロい歌であろうと。《おくりとどける》って丁寧な言い方がいやらしいんだよね。結句の《舌》の、一文字で全体を大きく転換するというか、効果あり。《アインシュタイン》という音自体もエロいし。

沢田　なるほど。《舌》の動きのオノマトペのような。

東　……R指定の歌だったのか……。

穂村　だってみんな、そう読んでるよ。「○なんてやらしー。名前をいろいろ入れ替えてみて、やっぱり《アインシュタイン》だわ、と思った」（那波）。「△エッチすぎてなにも言えません」（本下）。

東　うーん。勉強になりました。

沢田　東さんはこっちに△でしたね。

梅雨入りのキス梅雨明けのキスそしてきみのこころをショパンもしらず　　穂村　東△（伴水）

東　伴水さんの三首の中ではこれかなあって思った。《ショパン》の音楽って雨を連想させるような感じがありますよね。「雨だれ」以外でも。連続的に降ってくるような《キス》を《ショパン》というものに合わせて、ほんとに仲よさそうな感じを《梅雨》どきの雨の鬱陶《うっとう》しさの中に浮かび上がらせた、この世界観が好きだったんです。《梅雨》もちっともいやなふうではなく、むしろ雨に閉ざされた中での親密さというものをうれしく思うというような感じで。

穂村　上の句、うまい。なかなかこういう表現はできないですね。おやすみの《キス》目覚めの《キス》みたいな感じかな。《キス》《キス》で来ると、映画の編集を見るようで。実際映画の中では時間の緩急を編集という作業でうまく表現していくわけだけど、この歌もそうですね。一瞬にして時間が飛ぶ。センスがいい人ですよね。三首とも違った感じで書き分けていて。

無口なまま恋去った夜うるむ目にカンパネルラの鈍行列車

穂村△　東○　（やまだりよこ　40代・上方文筆業）

東　《カンパネルラ》って、宮沢賢治の『銀河鉄道の夜』に出てくる少年の名ですよね。あれは友情物語だけど、これは《恋》の話に置き換えている。でもそこに出てくる《カンパネルラ》という人物像というのは印象的で、《無口なまま》と書いただけで全体像がリアルに浮かんでくる。生きてる感じが伝わってくる。《鈍行列車》というのも《恋》が《去った》あとにゆっくりゆっくり動いていくような感じ。《恋》を冷ましているのかな、心を落ち着かせていくような。未練も《鈍行列車》というものから感じられます。一つ一つの言葉がうまくはまってて、いい歌だなって思いました。

穂村　ここを「カンパネルラの銀河鉄道」って言っちゃだめなんですよね。読者の胸の中の回路を開かせなきゃいけないっていうところがあって、それを「銀河鉄道」ってやっちゃうと完全に物語の映像になっちゃうんですけど、《鈍行列車》にすることでもうちょっと等身大の自分の経験みたいなものにオーバーラップさせているっていうかな。そういう回路を開く効果があると思うんですね。

東　ただ《カンパネルラ》って言葉はそれでも強すぎるところもありますが。

穂村　そう。宮沢賢治、すごすぎるからなあ。

東　前に、福島泰樹《ふくしまやすき》がライフワークにしている例の絶叫コンサートで「カンパネルラぁ！」って叫んで、なんかそれだけでものすごく感動しちゃったことがあります（笑）。「カンパネルラぁ、ぼくたちずっと一緒に行こうねえ！」って。がーん！　ときました。

穂村　「銀河鉄道」って、今はそういうものがあるものとして認知されてるから何とも思わないけど、初めて考えつくのは普通じゃないですね。

沢田　一九三〇年頃に。

穂村　今は『銀河鉄道999《スリーナイン》』もあるし、定番の一種となってるけど。あの頃の列車の存在は、違うわけですからね。

東　SFというものがほとんどない時代にあれを書いてた。

穂村　だからこの歌、確かに「銀河鉄道」はずしても、《列車》がつくだけで、まだ引っ張られちゃう気もしますね。だから、もっと遠くしたいですね。「銀河鉄道」から。

沢田　《カンパネルラ》とか「ジョバンニ」って聞くだけでうるうるしちゃいます。イジメっ子の名前覚えてる？……「ザネリ」。

穂村　ちゃんと意地悪そうな名前がつけられているんだなあ。

川に落ちそうな名前。

沢田　次の歌も、とてもそれらしい名前の歌。

イトウスミコ　川に落ちたこと　園服のバナナ色が最古の記憶

穂村△　東○　（ねむねむ　29歳・会社員）

東　《イトウスミコ》と《川》とで、「水が澄む」というイメージがあるから、いい具合に響いてますね。《イトウスミコ》って本名でしょうが、カタカナで書くことによって抽象化された自分になって、昔の《記憶》というのをうまいこと表現してるなあと思いました。昔の自分って確かに自分だったんだけど、すごく謎の部分があって、抽象化されてる。なのに《川に落ちた》っていう感覚だけは強烈に残ってたりして。色の《記憶》とかも。何を考えていたかは思い出せない、真実の出来事というのは思い出せなくても、そのときの感覚というのは一生カラダにまとわりついてる感じで残ってる。

穂村　《イトウスミコ》というカタカナ表記が効いていますね。作者が幼稚園児だったその時点では漢字なんて知らないわけですから。音でしかわかってない感じをうまく再現できている。さらには《バナナ色》とかいう大人の世界にはあんまりない園児の視点の色までうまく持ってきてる。でもここにも問題点があって、せっかくそこまではうまく行ってるのに《最古の記憶》って書いちゃうのはすごくもったいないと。そう書かなくたってわかりますよね。このたどたどしい文体と《イトウスミコ》と《バナナ色》というヘンな色で。これを《最古の記憶》が壊しちゃってる。

沢田　にしても、笑っちゃいますね。《最古の記憶》としては、かなりしょうもない部類の出来事で。《イトウスミコ》像もほの見えて。

穂村　これは著名人じゃないことがいいんです。ほどよい微妙な名前の平凡さ。これが「伊集院桜子」などではいけない。年代もちょっと想起させるしね、《イトウスミコ》は。名前を使った例として、こんな歌があります。

佐野朋子のばかころしたろと思ひつつ教室へ行きしが佐野朋子をらず　小池光

これは有名な歌で、非著名人を使うことを極限まで押し進めた例だと思うんです。

沢田　二回も《佐野朋子》を使っている！

穂村　ものすごく明確に《佐野朋子》と名指しで呼んでいる。読者にとって絶対に知ってるはずのないものを、作者はただ狂信的に思い込んでいきなり押しつけてくるわけですよね。《イトウスミコ》も《シンペイ》もその個人の記憶にとって大事な存在であるというだけであって、読者にとってはそんな人は知らない。

沢田　作者にとって、読者が知っているかどうかはどうでもいいこと。

穂村　《佐野朋子のばかころしたろと思ひつつ》で、せっかく読者の方も引っ張られてついて行ったところの結末が、《佐野朋子をらず》でふっとかわされてしまう。非常に面白い。《佐野朋子》くらいの名がいいと、この作者はたぶん選んでますね。で、ちょっと話が横にずれちゃうけど、この歌の場合、むしろ問題になるのは《佐野朋子》がどんな人かではない。むしろこの場合は「作者の小池光がどんな人間か」っていうことが問題になってきちゃう。実際には小池さんは教師なんですよ。だから《佐野朋子》はたぶん生徒かな。すると、教師が生徒を《ころしたろと思》うという、その過剰さが背後にあるんです。

東　どんな生徒なんだろ？　って興味を抱かずにいられなくなるんだよね。

沢田　そうかあ、これ同級生じゃないんだ。つげ義春《よしはる》の『紅い花』に出てくる「キクチサヨコ」のようなもんかと思ってしまった。あれも印象的な名前でしたよね。フルネームで呼ばれて。

穂村　この一首だけでは何者かはわからないんで、そういうところがこの歌の問題といえば問題でもあるんですが、でもまあ状況としては教師の方が面白い。ふられた同級生とかだったら面白くない。小池光の情報が《佐野朋子》以上に必要となるっていうことで、この辺が短歌の特殊なところと言えます。斎藤茂吉などがそうであるように、近代短歌というのは一人称で、結婚したら結婚の歌、子どもができたら子ども、お母さんが死んだら悲しみの歌を、というふうに日記みたいな連続性を持っているわけですよね。つまり、作者についての知識は自明になってる。この《佐野朋子》はその前後の歌を読めば、作者が教師だってことがわかる流れだと思う。だけど一首だけ抜き取るとそれが浮いちゃう。斎藤茂吉だったら、彼が精神科の医者だってことはみんなが知って読んでる。「狂人守はなんとか」って表現が出てきてもまあわかる。「狂人守」は精神科の医者の意味で、作者本人のことだってわかるわけですから、唐突じゃない。そういう連続性の中の一首というものがあるんです。

沢田　《イトウスミコ》も《佐野朋子をらず》も字余りで、五七五七七からハミ出ている。

穂村　なるほど。こんなの簡単に定型にできるわけですもんね。「イトウマリ」でいいのに。だから余計リアルに浮かび上がるという効果もありますね。

東　ひっかかりがあったほうがいいんですね。

沢田　まあともかく川に落ちそうな名前ではある。

多田さんの訃報涙の連絡網「田代さん」と伝えた気もする

穂村△　東○（本下いづみ　41歳・絵本作家）

穂村　これもうまい。《多田》と《田代》、この遠さがいいんですね。

沢田　「戸田さん」とかではもうつまんない。

穂村　ただ、この「涙の」というのが余計だな。

東　ちょっと演出過剰。

穂村　これは自分が先に言っちゃいけない。これはもっと完全に真面目にボケきらなきゃいけないとこで、《多田さんの訃報》なんとか連絡網」と真っ直ぐに下ろして、《「田代さん」と伝えた気もする》と言って、読者にツッコませなきゃいけない。

沢田　同じとこ「田」だけやん！　とか。不謹慎だ！　とか。

だいじょうぶ逢えない日には僕なんかハナ肇の銅像だから

穂村　東△　（本下いづみ）

穂村　意味わからない。本当にあるの？　《銅像》って？

東　え、知らないの、あのギャグ？

沢田　コントですよね。『新春かくし芸大会』の。

東 これ以前の、堺正章と岡田美里夫妻の離婚会見で、美里さんが「年末に夫がいない」ことが不満だって言うのね。いつも『かくし芸大会』で必死に練習するからいないっていうの。『かくし芸大会』なんて、《ハナ肇《はじめ》》さんみたいに《銅像》でいいじゃないですか」って（笑）。

沢田 会見が関係なくても、まあ、彼氏が「《ハナ肇の銅像》のように悪さもせずおとなしくしてるよ」と言ったって歌だよね。でもそういうこと言う奴に限って、絶対植木等なんだ（笑）。

穂村 なるほど。でも、ほら、その辺が固有名詞の短歌の難しいところで（笑）、受け取り側の知識のレベル差によってずいぶん違うんだよ。

沢田 無印でしたが、実はぼくはこの歌に一票入れたいなあ。

寺尾観て黙ってる人押し倒しうっちゃられたがスイッチ消した

穂村　東　（本下いづみ）

東 これどういう意味ですか？

沢田 相撲中継やってる時間に、彼といちゃいちゃしてるわけだけれど、相手は作者よりテレビの中の《寺尾》の相撲が気になっていると。面白くないから「ねえ」と《押し倒》そうとしたけれども、《うっちゃられ》てしまったと。でも負けずにその転がる勢いで《スイッチ》を切ってやった、という歌。穂村さんがいつも言う「動詞は三つまで」の教えを軽々と超え、五つも使って、一瞬のカップルのアクションを見事に見せた。『大相撲ダイジェスト』のように一気に〝取組〟を再現した楽しい歌だと思います。《うっちゃられたが》という親方解説的な相撲用語も効いているし。

穂村　この動詞の数はもちろん意図的だからいいんですよ。この作者、底にいつもなんか恥じらいがあるね。そこがいいんだろうなあ。恥ずかしがりのくせに、ギャグとかエロをやりたがるんだよな。

東　そうですね。シャイの裏返しのような歌。

穂村　しかし、どの歌も翻訳できない歌ですね。外国人には絶対にわからない（笑）。「テラオ」？「ウッチャラレル」？

東　「ハナハジメノドーゾー」？（笑）。

沢田　関東人にはわかりにくいのが、関西人のえやろすみすさんの歌。ぼくは三首とも好きなのですが、三首ともやっぱり無印でした（笑）。

あほくさい桂小枝の小ネタ集笑ってねむる金曜の晩

穂村　東　（えやろすみす　32歳・司法浪人）

穂村　うーん、これ、わからない。それこそ有名なんだろうけど、知らないことによって理解できない典型。

沢田　わかってほしいなあ。《小枝》って、しょうもないんですよ。「おもんない」とみんなが言うような。でもどこかほっとするような。それを聞いて《笑ってねむる金曜の晩》の、このせつなさ（笑）。関西男のさびしさ百点満点。「◎まさに『おもしろうてやがてかなしき』。《金曜の晩》というのが哀れだが、《笑ってねむ》ったんだから本人は幸せなのか。しかしそれを歌に詠むもう一人の自分、というのがいるのがまた哀しい」（大塚）。

東　哀しい感じはなんとなくわかるけど、「百点満点」感まではわかんない（笑）。

穂村　《海原はるか》もわかんない。

我はまだ修行が足りんはねおきろ海原はるかの毛が飛ぶように

　　　　　　　　穂村　東（えやろすみす）

東　《毛が飛ぶ》？

沢田　わかりませんか？　あの少なくなった髪の毛をヘリコプターみたいにぶんまわす人。

東　ヘリコプター？

沢田　「△笑えるけど好きになれないあの芸を、こんなふうに歌に詠める人ってオモロイな」（やまだ）。そう、あのべたべたの《海原はるか》も、短歌世界では「海原」って字が清潔に効いてくるではないですか。あのおじさんが、海原をはるかに飛んでゆく……。

穂村・東　わかんない（笑）。

京都もん野中広務が食うているカレーライスはなんかうまそう
穂村　東　（えやろすみす）

沢田　「◎今回の難しいお題の中で、最も情景が素早く浮かび、なお本当に《うまそう》だった」（堂郎）。

東　確かに《カレー》って、ニコニコ食べるより苦い顔して食べた方が《うまそう》だから、その点では素晴らしいですね。

穂村　《京都もん》が妙に効いてます。

沢田　拙作も、関西弁使ってます。

スズメバチの子チバスズは「もう頼まれても泳いだらへんねん」
穂村△　東○　（沢田康彦　44歳・編集者）

具体名だから、力を放つ。

東　千葉すずちゃんの面白さが出てますね。

穂村　《スズメバチ》の中に「チバスズ」が入っていることを発見した時点で既にポイントが一つあって、もう一つはハチが「泳がない」と主張する面白さがあって、ツーポイント。あと時事性みたいなもの、例の水連とオリンピック出場でモメたという記憶が薄れても、この歌は死なないでしょう、おそらく。ちゃんと詩の普遍性につないだ形で成立してるから。ただ惜しいのは、どうもこれが最善の形とは思えないんですよ。その二つのポイントを言語化するのに。ぼくの印象では、上の句と下の句が逆の構造の方がよくないかなあって。《もう頼まれても泳いだらへんねん》という啖呵《たんか》があって、それで《スズメバチの子チバスズ》が言ったという方がいいように思うんですが。

沢田　ほんとにそう言ったんですよ。「もう頼まれても絶対泳いだらへんねん」って。「もう知らん」って。笑った。

東　いい言いぐさですね（笑）。

穂村　関西弁の強さ。

沢田　すずちゃん宛に「ちばすず様」ってメール打ってるときに、あっ《スズメバチ》に似てるって気がついたんだけど、それをどういじろうかで迷ったんですよ。どうも理屈っぽくなって。

東　そういうことありますね。

穂村　実際やってみるとそういうもんです。いったん言語化されたあとに短歌に直すのって難しいんですよ。固まりかけたときに、最初に最善の形でぱっと出ればいいんだけど、ちょっとずれて固まっちゃうときがあって、そうするといったん熱でそれを溶かしてってやるのが困難な作業になります。

沢田　短歌、難しいなあ。

穂村　難しいんですよ。本当にイヤんなっちゃうんですよ（笑）。

耕ちゃんがもし障害児じゃなかったら眞とは別れていたよと美枝子いいけり

穂村△　東△　（佐々木眞　57歳・ライター）

沢田　かなりの字余り。でも迫力あります。

穂村　リアルないい歌だと思いました。ポイントは、たぶんこの三人は名字が同じなんだろうというところ。つまり家族だろうと。《美枝子いいけり》が効いていますよね。「君が」とか「あなたが」とかじゃなくって具体的な名前を最後に持ってきたというところが技あり。

沢田　「妻はいいけり」でも活《い》きない。

穂村　普通なら「この子がもし障害児じゃなかったらあなたとは別れていたよと妻はいいけり」になるところをすべて固有名詞化することで、本来はばらばらであるはずのものたちが、ある意志と宿命みたいなものによって一つの名字のもとに一緒にいるってことが逆に現れてくる。そのことに対する緊張感、愛、孤独みたいなものがここにはある。「あなた」とか

「この子」とかでは宿命性や意志や愛が見えてこないんです。

沢田　「○《耕ちゃん》と《眞》と《美枝子》が一つの歌の始まりと真ん中と終わりに等価の重さで配分されているように思えて、そこがよかったです」（那波）。

穂村　魂のレベルではみんな等価ということですよね。ということは本来別にばらばらにいたっておかしくないんだと。もちろん現実的には《障害児》にはケアがいるかもしれないけれど、そういう問題ではなくて、ばらばらの等価のものが今意志の力で一つ屋根の下で生きていると。星座だって本来的にはあれはばらばらの星で、誰かが意志の力でそれを星座だって主張したものにすぎない。そういう家族関係っていうものが見えます。

東　自分というのを主観として出してないところがいいですね。自分の存在も一つの駒のように扱っているところ。

「狂犬病の注射に出頭せられたし。佐々木ムク殿」と鎌倉保健所は葉書を寄越せり

穂村△　東△　（佐々木眞）

穂村　この《葉書》が来ても本人の《ムク殿》は読めないだろうという面白さがありますね。さらには《出頭》理由もおかしい。そういうのを文語で伝えたのもいいです。

東　当人は《ムク》であって、《佐々木ムク》って意識はないんでしょうが。こちらも自分の感想を書かないところがいいわけですね。

穂村　そう。これを「ふざけた葉書」とかと詠んじゃうとダメなんです。

心配だ　うちのマサキは痩せている　ミドリ丈夫で葉が多いのに

穂村　東△　（坂根みどり　39歳・主婦）

沢田　この《マサキ》は彼女の兄。ハゲてるんですね。しかも《痩《や》せている》。で、妹《ミドリ》は丈夫だし、毛も《多い》と。そういう歌です。

東　ありゃあ、△つけたけど、その背景は全然わからなかった（笑）。

沢田　《マサキ》も《ミドリ》も植物系のイメージがありますね。《心配だ》から始まる勢いに、笑わされながらも、人を思いやる優しい気持ちを感じます。

東　心配のし方が恋人とか家族としてとかじゃなくて、生き物対生き物の関係として描かれている点がいいなと思いました。

つかまえてくれない人と帰りみち今日はルパンにさらわれたいよ

穂村　東◎　（中村のり子　17歳・学生）

沢田　同人にはいちばんの人気歌でしたね。「◎《つかまえて》ほしいですよね、気持ちわかります。《つかまえてくれない人》が《ルパン》なのかそれともやけくそになって誰か求めているのか、想像力の働くところですが、私は前者かなぁと」（うさころ）。「○そばにいるのに、遠く感じる恋人たちの寂しさが伝わってきました」（よしだ）。「○心細い歌ですね。このとぼとぼ感、ひょろひょろ感、小心者感ひどく良いです。《ルパン》はこんなに効く名だったのかぁ……私が《さらわれ》ちゃいました」（長濱）。ほか多数。

穂村　女の子に人気ある歌。

東　みんなの共通の意識をぐっとつかんだんですね。みんな《さらわれたい》のか。本当に《ルパン》が効いてるな、って思いました。

たとへば君　ガサッと落葉すくふやうに私をさらって行ってはくれぬか　　河野裕子

ってていう有名な歌があって、やっぱり女の子は《さらわれたい》願望がきっとあるんですよ。《ルパン》っていうのは軽くさらってくれそう、絶妙のタイミングで。この《人》は《つかまえてくれない》から別の《ルパン》に私はもう《さらわれ》ちゃいたいと、そういうことでしょうか。

沢田　この《ルパン》はアルセーヌかなあ、3世かなあ？　アルセーヌの方がカッコいいけどなあ。

東　どっちの《ルパン》でも、さらっておいて結局解放するって感じがします。

穂村　キャッチ・アンド・リリースか……。

東　理想的……。

「さよなら」は言えなかったね「じゃあまたね、ユウスケ」たぶん最後の電話

穂村　東△（うさころ　22歳・大学院生）

沢田　これは冒頭でも触れた歌。

東　とにかく《ユウスケ》というのが効いてて。現代っ子ふうの気の弱そうな優しそうな、あいまいな人物像が浮かびます。《じゃあまたね》が《さよなら》だったって……ちょっと流行歌の歌詞みたいなんだけど。

穂村　東さんは別れの歌に点が甘い。

東　そうなの（笑）。これ《たぶん》とかがついてて最終的にあいまいなんですよね。本当に《さよなら》なのかと。堂々めぐりなのかもしれない。その優柔不断さが《ユウスケ》という名にある。きゃしゃな体してて。関係はずるずると続きそうな名前（笑）。「ひろし」だと、すぐに終わりそうで。

穂村　む。

沢田　ひろしは、『ちびまる子ちゃん』の頼りないお父さんの名前でもあります。

東　『クレヨンしんちゃん』のお父さんもそうだよ。

沢田　あ、ぼくのお父さんもそうだった。

穂村　日本一多い名前かも……。

沢田　穂村さんの本名は「いちろう」というこれまた普通の名前なのに、なぜさらに「ひろし」なんてペンネームにしたんですか？
東　本名の方がカッコいいって評判なんですよ。
穂村　むむ。
沢田　こちらも電話ものです。

まゆちゃんと連絡はいつも10円玉リミット3分ドキドキ電話

穂村　東△　（今川魚介　31歳・編集者）

東　《10円玉》で《電話》かけるなんて、今どきの若い子にはいないだろうね。《10円玉》で《3分》間かけられる感じってもうないよね。
沢田　昔のことかな？
穂村　ダイヤル電話でダイヤルすることってなくなりましたし。
東　《電話》かけて《10円玉》がとんとんと落ちるのってせつない感じがあったじゃないですか。ああいう感覚を残したいものよね、って意味でこの歌にも△をあげました。

「人名」を利用して詩を作る。

「花八木」にヤアと望月現われて新しき酒あけるか今夜も

穂村△　東　（柳沢治之　44歳・歯科医）

沢田　《花八木》はお店の名前でしょうか。

穂村　そこに《望月》さんという人が《現われて》、一緒に楽しく飲むという歌。よく考えられているのは、この《花》と《月》と《酒》の組み合わせ。ちょっとつきすぎかと思うけど。これは冒頭で言った二つのパターンのどちらにも当てはまらない、第三のパターンでしょうね。《望月》という人は読者は知らないから、まあ第二の、個別性によるリアリティの確保なのかというと、でもこれはリアルじゃない。《花八木》と《望月》という言葉の組み合わせで、この場で詩を作ろうとしてるわけですよね。この場合《望月》は知人だろうけど。このパターンで完璧《かんぺき》にやろうとした例があって、

青嵐杉の花の香とこしへに酒断つなかれ佐佐木幸綱　　塚本邦雄

《青嵐》でまず切れますね。で《杉の花の香とこしへに》、っていうのは《青嵐》によって《杉の花の香》が立ち上がっているのかな。《とこしへに》は上と下にかかります。「《杉の花》が《とこしへに》《香》る」というイメージと、それから「《とこしへに酒絶つなかれ》」と。つまり《酒》をやめないでくれという呼びかけ。呼びかけてる対象は《佐佐木幸綱》と

いう人なんです。著名な歌人ではあるけれど、ヘレン・ケラーほどではないから、知らない人もたくさんいるだろうと。この人は酒豪で有名な歌人なんだけれども、知らない人にとってはそんなことはわからないわけですよね。仮に《佐佐木幸綱》を知っていたとしても、酒豪かどうかまではわからないはずなんですが、この歌を読むだけでそれは感じとることができる。なぜなら《とこしへに酒断つなかれ》、つまり永遠に今のように飲み続けろっていうふうに言ってるわけで。

沢田　《佐佐木幸綱》という名、サムライふうです。

穂村　いかにも酒豪そうな名前である。加えて《酒断つなかれ佐佐木幸綱》というような音の響きとか、全体がこの人名を支えていて、知っていても知らなくても逆算して《佐佐木》像が立ち上がるように作っているわけですね。非常にシュアな作りなんです。作者との関係性もよくわかる。ある友情の表現。この《花八木》の《望月》と作者も、男同士の友情をイメージしますね。

東　塚本さんの歌、音の連鎖がきれいですね。

穂村　《杉》の「す」、《酒》の「さ」、《佐佐木》の「ささ」……あとはタ行ですね。「とこしえ」「たつ」「つな」。

沢田　カ行もありますね。《花の香》の「か」、《酒》の「け」、《佐々木》の「き」、《幸綱》の「き」。

穂村　口に出して読むとよくわかる。この歌、「人名」をものすごくうまく使っていますね。うますぎる。この第三のパターン。どう言っていいかわからないけど、「人名」を利用してその歌の中で詩を作ろうとする。逆に言うと、その詩の作りから見て「人名」を逆算してどんな関係性かとか人物かとかっていうことがかなり立ち現れるというもので。《花八木》は、意図は買えるけど、ちょっとつきすぎてるなあとは思いますが、でも方向性としてはそれでいいんだってことですね。

午前2時フェルマーの式解く手触りとペルシャ絨毯の模様不可思議

穂村　東△（柳沢治之）

東　それがどんな《式》かはわからないんだけど、なんか頭の中でいろいろ数式を《解》いているときの脳の中の混沌《こんとん》とした感じと、《絨毯《じゅうたん》》のごにゃごにゃとした《模様》とがリンクしていて、面白い効果が出ています。しかも《午前2時》。ずっと考えてて頭がぼんやりしている。

穂村　「フェルマーの最終定理」だっけ。有名な命題があって、最近それが解かれたんですよね。

沢田　調べましたら、フランスの数学者フェルマーが十七世紀に発見した最終定理で、「nが2より大きい自然数であれば$X^n+Y^n=Z^n$を満たす、自然数XYZは存在しない」というものです。これが二十世紀末まで証明されなかった。

穂村　でもそのことを知らなくても、結局同じことが伝わるような歌になっていますね。

東　《解く手触り》という言い方がいい。

沢田　《模様不可思議》が説明的に過ぎるか。

佐藤左右衛門佐藤左右衛門この名前だけで生徒会長になっちゃった

穂村△　東　（伊藤守　50歳・会社経営者）

穂村　リズムが面白い。

沢田　「人名」のある種、核心をつく歌です。本当は生まれたとき人には名前なんかないのに。名前にしばられて人生が形成されてゆく。

マサオ氏のけして開かぬ三角目が　こんな月夜を寂しくさせる

穂村△　東△　（長濱智子　27歳・食堂店員）

穂村　これはですね、《氏》って言い方が効いていると思うんですね。

東　距離感がある。《けして開かぬ三角目》……？

穂村　わけわかんない。三白眼じゃないし。何かある自分の思いが裏にあることは伝わりますね。ミステリアスな感じで。この下の句がうまいんでしょうね。

沢田　笑える下の句。珍しく二人とも△。二つ並んでますます《三角目》に見えます。

炎天下　内臓出そう？　つぶしたら　グレゴール・ザムザ思いためらう

穂村△　東△　（大内恵美　30歳・中学校教師）

穂村　カフカの『変身』の主人公の名前。この歌はゴキブリかな。小説はカブト虫に近いような甲虫だったと思うけど。《つぶしたら》《内臓》が出るということに対する《ためら》いもあるし、《グレゴール・ザムザ》っていう本来人間だったものを想起して《つぶ》すことを《ためらう》ということもある。

東　《炎天下》というじりじりっていうのと《内臓》が《出そう》という組み合わせのイメージに説得力があります。

穂村　同じ感覚を、ぼくも歌ってて、これも『手紙魔まみ』に入っているんだけど、

八月三日（水）、熱帯夜。ごきぶりの中みは赤と黄いろと緑。　穂村弘

基本的な構造というか感覚は似てますよね。暑さと虫の《内臓》。ゴキブリの《内臓》の色の話はまみから本当に手紙が来てて、ゴキブリの中身を知ってますか？　って。私は見た。赤と黄色と緑でした、って。心底「コワいなあ」って思いました（笑）。

沢田　それをわざわざ書いてくるのがコワい。

穂村　そう言われると問いただす気力がなくなるんだよね。はあそうですか、って言うしかないの（笑）。さて、ところで、カフカやグレゴール・ザムザには名歌が多いんですよ。

カフカとは対話せざりき若ければそれだけで虹それだけで毒　岡井隆
不達成不達成とぞカフカの耳は異様《ことざま》にひらきゐき　葛原妙子
カフカ忌の無人郵便局灼けて頼信紙のうすみどりの格子　塚本邦雄
またの名をグレゴール・ザムザ五十歳変らぬ面を曝しゆかんか　島田修二
カフカ読みながら遠くへ行くやうな惚れあってゐるやうな冬汽車　紀野恵

日本の六〇年代の気配と、カフカ、サルトル、カミュが普及した時代性がかぶっているんじゃないかな。不条理と呼ばれているような感じが支配的だった。

生理とは犬にもあるかと知ったのはエスメラルダのおしり見たとき
穂村△　東△　（宇田川幸洋　51歳・映画評論家）

東　飼い主が《犬》にどういう思い入れしてるかっていうのが見えて面白い。
穂村　これは《エスメラルダ》という豪華な名前がよかった（笑）。普通の名前だったら魅力ないですよね。明らかに発声しにくいじゃない。それを敢《あ》えてつけているというところにおかしさがある。

沢田　絶対お座敷犬ですよね。
穂村　リボンしてるよね。
東　そういえばうちの姉も亀に「フランソワーズ」ってつけてました。首を伸ばす仕草が気取って見えたものです（笑）。

「人名」とノスタルジー。

流血のリング日暮れて川崎にテリー・ファンクのバンダナ朱し

穂村　東△　（那波かおり　43歳・英米文学翻訳家）

沢田　東さんはプロレスもの二つに△をつけています。
東　勢いが強すぎて、何を言っているのかわからない部分もあるんですけど。入れ込んで作っているというエネルギーが感じられて。《流血のリング日暮れて》ってすごいね。体中が全部血で染まって、《日暮れ》の森は全部その色みたいな。《テリー・ファンク》ってわかんないんだけど、でも《バンダナ》の《朱《あか》》さっていうのが体中に染みちゃったんだなあと。夕日を見ても、プロレスで見た《朱》のすべてが思い出されるという体感なのでしょう。
沢田　「△プライド全盛の世の中ですがプロレスの《流血》には花がある」（えやろ）。これ、短歌評というより、単にプロレス賛ですが（笑）。

穂村 テリー・ファンクって現役なの？ もうおじいさんじゃない？

沢田 はい。だからこの歌は挽歌のようでもありますね。《バンダナ朱し》の言葉の中には実際「ばん・か」が入っているし……偶然でしょうが。《テリー》の技はスピニング・トウ・ホールドでしたっけ。あれ、ドリーの方だっけ？

東 あ、苦手な話に入った！

穂村 あとで技をかけてあげよう。

東 どういう技なの？

穂村 足とってくるくる回るの。

東 痛いの？

穂村 見ているだけではそうは見えない技（笑）。

「か？」「かあ」「かぁ」「かー」「か～」「か！」「か（怒）」「か（微笑）」「くわー」「がー！」元気です「か」猪木のはどれ？

穂村　東△（響一）

東 これは短歌なのかって気はしますけどね、こういう《か》の微妙な区別が面白いなと。マニアだと分別ができるんでしょうねえ。語尾の微妙さに目をつけたアイディアに小さく一点、てとこかな。

まだ乗れる岡部幸雄にダービーの乗り鞍はなく戦後遥けし

穂村△　東　（堂郎　40歳・記者）

穂村　これも知らないと十分には味わえないでしょうね。《岡部》っていう戦後を代表する名騎手で、私でも知ってるくらいだからたぶんとても有名なんでしょう。ずっとトップをはってたような人で、まだまだ技術はあるけれども、でもやっぱり年には勝てないような状態になって、それを《戦後》と昭和の歴史とを重ね合わせて作ったんですね。堂郎さんはうまい。

東　ノスタルジックですね。

穂村　うん、そういえばさっきの《テリー・ファンク》もとてもノスタルジックで「昭和」って気がしたなあ。もしかすると「人名」というお題は、現在形とは別に、あるノスタルジーみたいな方に行くって流れがあるのかもしれないですね。つまり《テリー・ファンク》も《猪木》も《岡部幸雄》も《二宮金次郎》もみんな現在形の存在ではないわけで、昭和ってところに人の意識を誘うような。ちょっと古いでしょ、次の歌も。

君たちはキウイ・パパイヤ・マンゴーとアケミが歌ったあの夏思う

穂村　東△　（長濱智子　27歳・食堂店員）

沢田　「○昔っぽいかんじが、いいです。青春っていう感じがします」（うさころ）。八〇年代がとても懐かしい時代になっちゃいました。

東　今現在流行《はや》っているものは熟してないってことでしょうか。固有名詞もある程度の年月が経って味わい深くなるんでしょう。

穂村　詩語として定着するのに時間がかかるってことかな。もちろん今旬のものを持ってくるってパターンもあるけど、やっぱり先にどれくらい寿命があるかがわからないもんね。《カルロス・ゴーン》がどれくらい人々の記憶に残るかまだわからないっていうところがある。

スカイライン象徴そこに盗られたかカルロス・ゴーン笑わない目

穂村　東（大内恵美　30歳・中学校教師）

東　今の時点では一般的な印象がしてしまったんですが。ある程度年月が経つとその人の思い出とともに熟されていく気がします。

穂村　ぼくの短歌の人名ものを見ても、そう。

新品の目覚めふたりで手に入れる　ミー　ターザン　ユー　ジェーン　穂村弘

「酔ってるの？あたしが誰かわかってる？」「ブーフーウーのウーじゃないかな」　同

ハーブティーにハーブ煮えつつ春の夜の嘘つきはどらえもんのはじまり　同

バットマン交通事故死同乗者ロビン永久記憶喪失　同

このあろはしゃつきれいねとその昔ファーブルの瞳《め》で告げたるひとよ　同

《ターザン》とか《ブーフーウー》とか《どらえもん》とか《バットマン》とか《ファーブル》とかね。この中でいくつ残るのか。既に「ブーフーウーがわからない」なんて言われたりする。つまり時代の流れに押し流されて、私は代表歌を一つ失おうとしている（笑）。

東　かわいそうに……。

穂村　最近は《どらえもん》が不安になってきてる。「ドラえもんよ永遠なれ」みたいな気分。《ブーフーウー》って永遠のように思えていたんだけど、それは錯覚で、そうでもないんですね。

沢田　《ミー　ターザン　ユー　ジェーン》だってわからない人多いと思う。ぼくは『ターザン』って雑誌を作っていて、時々その恋人「ジェーン」って使って、女性読者一般の呼び名に使ったりするけど、多くは「ジェーン」を知らない。かつてはポパイとオリーブのようなカップルだったのに。

穂村　《バットマン》まで知ってても、その弟分の《ロビン》まではどうかなと。これだって、《バットマン》と《ロビン》の同性愛的ニュアンスがわからないと、ちょっと成立しない。

沢田　ああ、古いバットマン映画は面白いですよね。ティム・バートンのではないやつ。笑う笑う。エッチだし。《ロビン》、ブリーフはいて、ものすごいんです。

穂村　少年愛ものですよねえ。

東　にしても、穂村さん、「人名」の歌多いよね。

微笑せよ仙波龍英どのチャリも盗まれたそうに輝く夜を　　同

「メイプルリーフ金貨を噛んでみたいの」と井辻朱美は瞳を閉じて　　同

沢田　歌人の名前の入った歌ですね。

穂村　《仙波龍英》さんって若くして亡くなったんです。その挽歌みたいなイメージで作っていて、知らなくても読める歌ではあると思うんだけど、やっぱりそれは亡くなったって事実を押さえていた方が歌としては起《た》ち上がりますよね。次のもまあ《井辻朱美》っていう歌人を知らなくても読める歌なんだけど、そしてかつ本人を知っていても、実はこんな性格じゃないんですよ。

沢田　え？　彼女が実際言ったセリフじゃないんですか？

穂村　ええ。《井辻朱美》という名前のぼくの中のイメージはこんな性格なんだけど、本人はちょっと違うんです。井辻さんはこの歌を見て、「財テクの歌ですか？」ってきょとんとしてました。

東　穂村さんは人に妄想なのか事実なのか気づかせずに女性を魅力的に描く才能がありますよね。

まみ、いままで、めちゃくちゃだったね、ごめんね、とぼろぼろの髪の毛に謝る　同

沢田　まみものは、歌集のタイトルが既に「人名」だ。

穂村　《髪の毛に謝る》は事実だったかな。

沢田　つくづくコワい人だなあ。

東　私の『春原さんのリコーダー』も、ハルハラさんという音の響きが好きでつけました。

沢田　架空だったのですね。

穂村　将来的にもまず絶対消えそうにない人名となると、例えばこれくらいのレベルにならないとだめかもしれませんね。

プラトンはいかなる奴隷使いしやいかなる声で彼を呼びしや　大滝和子

みがかれし薬局の戸のつめたさよカール・マルクスに生理痛なし　同

ちなみに同じ作者の本人ものもあります。

めざめれば又もや大滝和子にてハーブの鉢に水ふかくやる　同

東　大滝さんのはものすごく意外なものに着地するので、インパクトありますよね。名前って、呼ばれているうちにその名前の人になってゆく。その名にこめられた意味や音の響きなどが、人の肉体に宿命としてしみついてゆく気がします。今回はそんな「名前」の中にある思い入れが人それぞれ出てて面白かったですね。「犬名」も入ってましたが（笑）。

人類史上最大の発明とは何か

イラスト・紺野美沙子（女優）

このお題、難しかったみたいです。先《ま》ず「最大の発明とは何か?」を考える。気のきいた答えを見いだす。でもそれがゴールではない。今度はその語を入れ込んで短歌を詠む。という麻雀でいうところの〝二《リャン》ハンしばり〟となっているお題です。読む側は結果的に二つの楽しみとなるわけですが、詠む方はけっこうハードルが高い。「まずはアイディア、センスが問われますね」と東さん。

イラストは女優の紺野美沙子さん。まさに発明のごとくパッと輝くワンカット。同人たちは、こんな歌をひらめきました。

穂村&東の選【人類史上最大の発明とは何か】18首

◎ぼくは虫愛も涙も君のものぬるめ音楽病むひとの褥《しとね》　吉野朔実

◎我れ思うこの一言なくして我れはなし如月弥生菜の花の道　ターザン山本

○消去する電話番号あっけなく〈ショウキョシマシタ〉何もかも?　本下いづみ

○文明を否定しなやむあなたにあげる電池じかけの笑い袋を　長濱智子

△まだ好きと言ってもらえる糸電話　涙にあわく遺伝子がある　東直子

△ギリシアでは旅立つ人の影なぞり　今日の光を捕らえてレンズ　ねむねむ

△まだ知らない　愛にまつわることばだけ　話していてよ　遠い国では　湯川昌美

△ちりぬるをわかよのかねとあきらめりゃかえぬものなしうつしよはかね　針谷圭角

△ワープロの折りにしためす「氷魚（hio）」とふ変換　来世の契りのやうに　那波かおり
△もようがえ終えた部屋からみる春の青とけてくヒコーキに「つもり」だけ乗せる　花田佳香
△原稿が地下飛んでくと信じてた「うちはいつほる?」秘密のトンネル　大内恵美
△ボクタチハデコボコダカラ気ガアウネギュット噛ミ合イトオセンボシヨ　同
△「友だちが結婚します　私たちは恋をしましょう」インド映画から　宇田川幸洋
△ロータスの運河を進むゆっくりと　せめて映画のおんなじ記憶　本下いづみ
△「妹になりたい」君の自転車の荷台に揺れて歌うルナシー　沢田康彦
△性格上嘘はつけない神だから何を聞いてもだんまりなのね　響一
△一時間淑女の化粧完成す三面鏡に猿のミルフィーユ　同
△ITやバイオや星の夢見ても幾千年を呑み継ぐ夕べ　坪井純子

沢田　いろんな答えが出ました。先にざっと紹介しておくと、「愛」「Eメール」「糸電話」「嘘」「映画」「お金」「音楽」「鏡」「神」「カメラ」「携帯電話」「ことば」「コンタクトレンズ」「酒」「自転車」「醤油《しょうゆ》」「食器洗い機」「洗濯機」「煙草」「地図」「電池」「電波」「電話」「飛行機」「ファックス」「ベッド」「包丁」「洋式の便座」「ラジオ」「レジ」「ワープロ」「私の子」「我れ思う」。挿絵の紺野美沙子さんは「電球」。エジソンに捧《ささ》ぐですね。

東　最大って言ってるのに、いくつも出してる人がいました（笑）。

沢田　困ったものです。穂村さんはお点、ケチくさかったなあ。△だけ。それもたった五つ。

穂村　はい。最大の発明は何かな？↓なるほどね。それを詠んだ短歌はどうかな？↓なるほどね……っていうステップを踏むと十分面白いんですけど、「選」ということになると、どうしても短歌だけを見るでしょ。だから結果的に単純な題詠に対する評価よりからくなってしまったかな。

東　私はアイディアの面白さとその活《い》かし方という点でとったんですよ。その作者の個性が出てるなと思うものにいい点をつけました。

沢田　では順不同で進めましょう。まずは「電話」です。

消去する電話番号あっけなく〈ショウキョシマシタ〉何もかも？

穂村　東○　（本下いづみ　40歳・絵本作家）

東　ずっと大事にしていた関係が《ショウキョシマシタ》という文字だけで、切れたことを一瞬にして言われる空しさっていうのがよく出ているんじゃないかなと思いました。

穂村　つまり相手のことを《消去する》かしないか、忘れるか忘れないかという二者択一を迫られれば、それはもう《消去する》とか忘れるしかないという判断があるわけ。でも気持ちの中にはまだまだ残っているものはいっぱいある。一方デジタルな機械の側からすれば「ゼロか1か」だから、あっさりと《ショウキョシマシタ》って。人間は、自分が選んだくせに「え、《何もかも》消してしまったの」って思うという、このずれが歌になっているんですね。

沢田　確かにそういうことはよくある。消したら終わり。えっ？　て。

東　機械というのは命令すればそのまま実行してしまうけど、心ってそうはいかない。

穂村　電話番号や住所は「残すか残さないか」って判断をいつも迫られますよね。実際には相手のランクがあるじゃないですか、自分の中では（笑）。たいへん大事に残すとかあるんだけど、別にそれはたいへん大事に残すも、どうでもよく残すも、現象としては同じになってしまう。メールなんかでも大事に読む相手ってありますよね。適当にしか読まない人とか。

沢田　削除するときにためらう文章と、躊躇《ちゅうちょ》なく削除するものと。

穂村　この一行があるからこのメールは残しておこうとか。あれってなんなんですかね。自分が生きていた証《あかし》っていうことを意識するのかな。

沢田　メッセージを残しすぎて、最近パソコンが重いんですよ。自分の人生のようだ。

穂村　沢田さんは意外と迷わず削除しそうなタイプに見えますけどね。

沢田　それは悲しい見解です。少なくとも穂村さんのはとってますよ。

穂村　それはどうも。でもまとめて捨てられる日がいつか来るんだろうなあ……。

東　この《あっけなく》って表現はどうでしょう？

穂村　ない方がいいでしょうね。《何もかも》だけで《あっけな》さが伝わるから。この歌の場合、読者にツッコまれなくちゃいけないわけです。《何もかも》と言ったところで「おまえが消したんじゃないか！」っていうツッコミを受けるのが大事なんだから。ぎりぎりまで見せないで下の句で落とす技が必要。《あっけなく》だと伏線になっちゃうんで、威力が弱まる。だから、《消去する電話番号あっけなく》のところに実際の電話番号を書く手があるかもしれません。

沢田　字足らずは？

東　この歌の場合は効果あり、でしょう。欠落感のある感情が見えてくるから。《ショウキヨシマシタ》の上をつめて、一字空きにするといいかもしれないですね。気持ちの上での大きな空白がここにあるということで。別れの微妙な感情を歌ったものとしてこんな歌がありますよ。

梅雨の靴ふくれあがりて暗がりに臭ふ＼恋人よわれにかへ＊＊＊るな　　塚本邦雄

《梅雨》どきのじとっとした嫌な空気の中で自分を外界に連れ出すべき《靴》が異臭を放っている。《恋人よ》そんな自分に帰るな、と歌っているわけですが、《＊＊＊》という記号に帰ってくることを心の底では願っている気持ちが隠されているのではないかと思います。

沢田　気のせいかいにしえのATG映画のような匂いがする歌ですね。ところで、本下さんはもう一作、「包丁」というのがありました。

東　主婦と発明品。

神様の咎めかこれは包丁を「トス」と落とす右足の脇

穂村　東　（本下いづみ）

穂村　これは《神様の咎《とが》めかこれは》という感慨を最初に出すのがいいのかどうかという問題が一つあるのと、下の句の字足らずが気になりました。「トスと落とした右足の脇」で音数を合わせてもいいわけで……ただ「トス」と落「とす」、がやりたかったんでしょうね。気持ちはよくわかるんですけど。完全に同じ音を合わせた方が面白いかというとそうでもなくて、この場合は《「トス」と落とす》よりも「トスと落とした」ってしてもちゃんと読み手の意識下に響くんです。

東　《「トス」》、ってのはオノマトペの「トス」ですよね。刺さった音なんだ。

沢田　劇画的表現。同人評で「△包丁は静かに床に刺さったのでしょうか。怖いけど、なんだかとても官能的」（那波）とある。

穂村　山岸涼子《やまぎしりょうこ》の漫画にこういうシーンがありますね。あれは足の上に刺さるんですが。

東　でもオノマトペだとカギカッコじゃない方がよくない？　ヤマガッコで〈トス〉とか。「トス」っていうとバレーボールの「トス」を思っちゃう。

穂村　人の声のようにね。

東　読みとしては《右足の脇》に《包丁》が落ちたときに《神様》が自分の行動を諫《いさ》めたように思った、と。

穂村　罰じゃなくて《咎め》だから、警告みたいなもの。この次は足に行くぞって（笑）。

沢田　この人は何をしたんでしょうか。ずばり浮気とかでしょうか。

穂村　浮気とかそういう外界への行動で、だから《包丁》という主婦の象徴、家庭の象徴みたいなものに怒られているんではないかな。おまえはこれでおとなしく大根を剥《む》いていればいいんだ、っていう（笑）。

東　無意識のしがらみみたいなものがあって面白い歌です。

穂村　そういうのってホラーの基本形でしょう。子どもの頃可愛がっていた人形を見捨てそうになった夜、人形が食いついてくるとかさ。好きだった世界の象徴が、逆襲してくるっていう。

沢田　「包丁」は怖いです。侯孝賢《ホウシャオシエン》の映画『風櫃《フンクイ》の少年』でも母が悪童息子に包丁投げるとか、ホラー映画『キャリー』でも娘が念力で母親を台所のナイフで串刺《くしざ》しにするとか。家庭的なものからの逆襲の象徴として描かれますね。

穂村　この歌はそういう形式を踏んでいるんでしょうが、ただ《神様の咎めかこれは》と最初にバシッて来られると、こちらも心構えができちゃうから。

東　もし入れるとしたら最後にあった方がドキッてする。

沢田　この歌には小菅さんという主婦も一票入れています。その小菅さんの発明は「食器洗い機」。

天罰が下らないかと思案中　三食昼寝に食器洗い機

穂村　**東**　（小菅圭子　43歳・主婦）

東　ここには《天罰》があります。主婦は《天罰》や《咎め》におびえるものなのだろうか？　なんか圧力があるんでしょうね、主婦って。と他人《ひと》ごとのように言う私（笑）。

穂村　最近読んだ歌で、

　くたばれと専業主婦に言う人にひじきの煮方尋ねてみたい　　渡辺百絵

というような主婦の逆襲の歌があったしなあ。東さんもいつかの歌会で、ある歌人に「こんな言葉も知らないのか？」と攻められたら、「じゃ、銀杏《いちょう》切りって知ってる？」って台所用語で逆襲してましたね。

東「うっ」て、つまらせました（笑）。
沢田 楽しそうな歌会だなあ。
穂村 この《食器洗い機》も、主婦としてのアイデンティティをおろそかにしているって歌ですもんね。主婦からそういうものをとりあげると、自分はいったいなんなんだ？ってなるという。
東《食器洗い機》って不思議に罪悪感があって、私もこの夏買ったんだけど、なんとなくうしろめたい……。
穂村 別に洗濯機がよくて《食器洗い機》がだめっていう理由はどこにもないんだけれども。
東 手が荒れなくってすむし、理にかなっているんだけれど。おかあさんが一生懸命お皿洗ってる姿を子どもに見せなくちゃいけないみたいな。
沢田 それなら洗濯も洗濯板でやった方がいいですね。「洗濯機」の歌もありますよ。

せんたくぐるぐる回る泡を見て今日も私の一日がはじまる

穂村 東 （柴田ひろ子 20代・会社員）

やってきた洗濯機を手のひらでなでるさあはじまるぞひとり住まい

穂村 東 （柴田ひろ子）

東 かわいい歌ですね。二番目の歌は△でとろうかなって思ったくらいで。

沢田　でも五七五七七にしてほしいなー。ここから字数を整理していきたい。

東　そうなの。文章なんですね、このままでは。気持ちの描き方がはずんでいて好感が持てるんですが。

沢田　《さあはじまるぞひとり住まい》って笑える。「△〝ひとり暮らし〟ではないのが好きです」（大内）という評があって、前向きの姿勢が評価されました。《洗濯機》って滅多に壊れないから、買うときはたいていなんらかの新生活のスタートなんですよね。

東　「洗濯機」の歌を一つ。

洗濯機かんまんな渦に消え灯りソドムほのかな火のめぐりをり　川野里子

沢田　《ソドムほのかな》？

東　《ソドム》は聖書に出てくる、罪のために神に滅ぼされた都市のことですが、その都市の幻影を《ほのかな火》として文明の利器の底に感じたのでしょう。

沢田　この歌も《ひとり住まい》っぽいイメージ。「飛行機」。

もようがえ終えた部屋からみる春の青とけてくヒコーキに「つもり」だけ乗せる

穂村　東△　（花田佳香　30代・会社員）

東　ちょっと長くてまとまりはよくないんですけど、《春の青》が《とけてく》、というふんわりした空気感と、何の《つもり》なのかわからないけど、春先新しいことを始めようかと気持ちが浮き立ったような心地いい感じがあっていいですね。何かその前にあったのかな？

沢田　好感の持てる歌です。そうは書いてないけど青畳が香るような。次、「ファックス」。

原稿が地下飛んでくと信じてた「うちはいつほる？」秘密のトンネル

穂村　東△（大内恵美　29歳・中学校教師）

東　私も「ファックス」って、紙が行くような気がしてた。不思議でした。

沢田　いわゆる文明の利器ですが、ときどき冷静に考えるとものすごく驚いたりして。ついこの前まで、コピーもファックスもワープロも携帯電話もなかったんだからなあ。同じ作者で「ファスナー」。

ボクタチハデコボコダカラ気ガアウネギュット噛ミ合イトオセンボシヨ

穂村　東△（大内恵美）

東　最初「ファスナー」とは思わなかったんだけど。それぞれ欠落感を見せながら、けなげに戦う人ってイメージが面白かった。

沢田　カタカナ文字が生きている。

穂村　「ファスナー」を、実際に目で見ている感じで表現したんでしょうね。

東　状況はがっちり組み合った生々しいものだけどカタカナ表記がたどたどしさを出していて斬新《ざんしん》な愛の歌としても読めます。

恋人と発明品。

沢田　さあさて、お次は東直子プロ。本下さんは「電話」でしたが、東さんは「糸電話」。シブい。

まだ好きと言ってもらえる糸電話　涙にあわく遺伝子がある

穂村△　東（東直子　37歳・歌人）

ぼくもこの歌、とても好きで、『猫又』には僭越《せんえつ》ながらこんな評を書きました。「◎《まだ好きと言ってもらえる》っていう表現のつつましやかでひねこびた修飾語が、《糸電話》《遺伝子》という似通った音を持つ二つの言葉にかぶさって生まれる短歌だけの表現世界」。穂村さんは今回△でとっています。

穂村　けっこう難しいんですね、これ。なんとなくわかるんだけど。同人の読みがよくて、なるほどって思ったんですが。「◎細胞1個のDNAを引き伸ばすと1m余りの細い《糸》になりますね」（柳沢）とか、「○《糸電話》のこっちとあっちにある同じ遺伝子。幸せとはかなさの混じり加減がいいなあ」（那波）とか。これらを読んで、そうだったのかって（笑）。
沢田　もっと解剖してください。
穂村　《糸電話》っていうのが横の伝達ですよね。ぼくと東さんとか。それに対して《遺伝子》というのが縦の伝達かな、親子とか。《好き》と《言ってもらえ》てうれしい《涙》はその両方にかかっている。全体で左右上下っていう人間のつながりを十字架に結ぶ感じでしょうか。以上は「よく読めば」ですが（笑）。
沢田　よく読んで行きましょうよ！　東さん、せっかくだから自歌解説を。
東　これ、《まだ好き》の《まだ》がポイントなんですよ。
穂村　もうすぐ嫌われちゃうんだ。
東　もう既に告白したんだけど、その愛は成立しなかった。だから普通の電話だと「ダメだ」って拒まれるんだけど、《糸電話》なんかの、自分とその人だけしかつながってない状態の中では、その男の方はいいかげんに「《まだ好き》だよ」なんて言うわけで。
穂村　ああ、わかる（笑）。
東　それを女の子は「まだそういうことを《言ってもらえる》んだ」って。それは自分だけの思い込みに支えられた切れた関係、成就しない関係だけど……《言ってもらえる》ことがうれしい。
沢田　《言ってもらえる》って、もう負けてるところがいいですね。

東　《糸電話》の糸みたいな細いものでもつながっていてほしい。でも《涙》っていうのはどんどん流れて消え去っていくもので、決してつながらない。つながる性質のものではないという。

沢田　穂村さんも「まだ好き？」ってセリフで詠んだ短歌がありますよ。

「まだ好き？」とふいに尋ねる滑り台につもった雪の色をみつめて　　穂村弘

穂村　そうだね。あれって、やっぱり女の子のセリフだよねえ。

沢田　まず男は言わないもんなあ。

穂村　でもよく答えさせられますよね、なんか（笑）。

東　女の子は聞きたいものなのよ。

穂村　いかにウソをつかずにあいまいなことを言うかに腐心しているような……。

東　穂村さんは今や達人なんじゃないですか？

沢田　あくまでも「電話」じゃなくて《糸電話》なんですね、東さん。

穂村　そこがミソですね。

東　《糸電話》で初めて声聞いたとき感激しませんでした？

沢田　した。今でもするかもしれない。独特の声でね。声が糸を通ってゆく不思議なはかなさがあります。糸に常にテンションをかけていなきゃいけなくて、かけすぎると切れてしまって……恋愛そのものですね。

文明を否定しなやむあなたにあげる電池じかけの笑い袋を

穂村　東○（長濱智子　26歳・食堂店員）

東　二人のよるべない感情があって、《なや》んでいる《あなた》と会話のない感じ、これに《笑い袋》という機械の笑いがさむ～く流れてくるその空間そのものに寂しいような、おかしいような独特な空気感があって好きでした。

穂村　これは愛情なんでしょうか。悪意のようにも見えますね。《文明を否定しなやむあなたに》本当に《笑い袋》をあげたら、むっとしてそれを叩《たた》き落とすことも考えられる。

東　《あなた》というのは、《文明を否定し》ながらも否定できないので《なや》んでいるって感じでしょうね。だからこの笑いは乾いたブラックなもの。

穂村　アイロニカルな笑いでしょう。

沢田　《笑い袋》の笑いってさむいですからねえ。ハラ立つくらい。キング・クリムゾンの往年の名曲「イージー・マネー」はこの笑いで終わる。あれを思い出しました。

穂村　字余りですね。《あなたにあげる》が。ここを「あの人に」にするとかね。必ずしもそれでよくなるとは限らないけど。

東　そう。微妙ですね、この場合。《あなたにあげる》としたことで無理やり押しつけてる感じがあったから。

沢田　《笑い袋》が発明かと思ったら、これ「電池」なんだ。

東　そうなんですよ。「電池」がないと笑えない悲しさ。

穂村　「文明」イコール「電池」なんでしょうね。そうやって読めば読むほど悪意の方に寄っていっちゃうな。最初読んだときは愛情に近いようなものだと漠然と思っていたんだけど。

沢田　長濱さん、もう一首。「デンパ」。

あの時もわたしのからだをつきぬけるデンパのおくに星をみつけた

穂村　東　（長濱智子）

「○ああ、ほんとにそう。《デンパ》です。《あの時》もその時も《デンパ》です。そのおくに《星をみつけ》ちゃうところがまたすごい！　で、《あの時》って、「あの時」よねえ？」（本下）。

東　な、なるほど……。私にはつかみ難かったんですが、本下さんの解説、面白すぎ。

沢田　それから「コンタクトレンズ」。こちらも艶《つや》めいています。

ぬぎすてたあとの装備はゆいいつの瞳あなたをみとどけるまで

穂村　東　（稲葉亜貴子　30代・会社員）

《みとどけるまで》という言い方が非常にエロチック。「◎身にまとうものが、コンタクトレンズのみという自意識や視覚が、快楽に収束していくような、艶《つや》っぽい歌」(響一)。

東　瞳に「レンズ」とルビを入れてもいいかも。

沢田　「映画」という答えもいくつかありました。映画評論家の宇田川さん。

「友だちが結婚します　私たちは恋をしましょう」インド映画から

穂村　東△　(宇田川幸洋　50歳・映画評論家)

東　《インド映画》でこんなことを言ってたというたぶん事実そのままだと思うんですけれど。《友だちが結婚》するということと《私たちは恋をしましょう》っていうことがなんだかズレた提案なんですね。むちゃくちゃなんですが、その能天気な感じがとても面白い。たぶんまだ《恋》も何もしていないんでしょうね。まさに《インド映画》っぽい感じ。

沢田　論理が楽観的な方向にねじれてる。

東　普通だったら《友だちが結婚》したらその向こうにもっと複雑な因果関係がありそうなものなのに、突き抜けてる感じがある。

沢田　『ムトゥ踊るマハラジャ』なんかは、完全にその世界ですね。次のも「映画」。

ロータスの運河を進むゆっくりと　せめて映画のおんなじ記憶

穂村　東△（本下いづみ　40歳・絵本作家）

『伝承　TRANSMISSION』という映画らしいです。

東　一緒に「映画」を見るというのは、一緒に現実とは違う時間を体験するという切実なものなんだなと思いました。《せめて》だから、会ってはならない関係っていうか、せつない関係なんだろうなってことが伝わってきます。できれば《ゆっくり》《進》んでゆきたいっていう気持ちがあるんだろうけど、でも現実生活というのはそうじゃないから、《せめて》その「映画」の中で一緒の時間を体験しようという女心を詠《うた》ってるんじゃないかな。《記憶》を共有するっていう意識。大切な人と一緒に見た「映画」のストーリーはすごくよく覚えていたりしますよね。

「妹になりたい」君の自転車の荷台に揺れて歌うルナシー

穂村　東△（沢田康彦　43歳・編集者）

沢田　「自転車」。拙作です。

東　これはかわいらしい歌だと思ったんだけど、関係性がわかりづらいです。《荷台に揺れて歌う》のが、《「妹になりたい」君》ともとれるし、《君の自転車》に「僕が乗っている」

ともとれるし、最初どっちなんだろうと思いました。たぶん後者、僕の《妹になりたい君》が漕《こ》いでいる《自転車の荷台に揺れて》僕が《ルナシー》歌ってるって歌ですよね。

沢田　うーん。「私が女性で君の妹になりたい」のか、「君が男性である私の妹になりたい」のか迷わせてしまってますね。作者が男だから後者なのですが。好きな女の子に「妹にして」なんて言われるのはうれし悲しいことである、でも女の子の自転車に乗せてもらうのは快感である。って歌いたかったのですけれど。

東　「◎《ルナシー》効果で、《自転車》の持つ心地よさが不変であることを実感しました」（長濱）という評もありますね。あと「○小さい頃、兄が私を《自転車の荷台》に乗っけていろんなところへ連れてってくれた。あの時のランランラとした楽しさが蘇《よみがえ》るキュートな歌。いつか、じじいになっても、このラブリーさ失わないでね」（やまだ）って（笑）。優しい評ですね。私、《自転車》が盗まれたとき、自分の分身が盗まれていったと思ったほどすごいショックだったんですよ。「自転車」って身体に密着するから、独特の愛着のあるアイテムなんですよね。映画にもよく出てきますよね。『俺たちに明日はない』で二人乗りで……。

沢田　違いますね。それを言うなら『明日に向って撃て！』。ポール・ニューマンとキャサリン・ロス。

穂村　これ「自転車」ってテーマだから、《自転車》って入れてるけど、ひょっとしたら

《自転車》って言葉がいらない内容なのかもしれませんね。あるいは《ルナシー》がいらないのかもしれないし。

沢田　いやだなあ。「月の海」に《自転車》を浮かべたい……。

東　穂村さん、《ルナシー》知ってる？

穂村　いや、名前だけ。

東　ナルシスト系で歌いあげるタイプで。この歌、《ルナシー》って目立ちますよね。彼女にしたいけど「妹にして」って言ってる女の子と、《自転車の荷台》の心地よさと、《ルナシー》の音楽と……たくさんのことが詰め込まれすぎてるかもしれません。私なら、《妹になりたい》って言葉をとっちゃうかな。

沢田　欲張りすぎる性格は短歌に不向きか……。

それは「発明」ではない。

性格上嘘はつけない神だから何を聞いてもだんまりなのね

穂村　東△（響一）

東　「神」っていう発明品は面白かったんだけど、神頼みってみんなしますよねえ。それでなんとかしてくださいっていうけど、絶対に答えてくれないのは《嘘はつけない》からだというのがなかなかの発見だなあと。

穂村　「神様の《だんまり》」っていうのは、遠藤周作が『沈黙』という重い小説で言っていることですね。

東　こっちは軽い。《性格上嘘はつけない》っていう。人間くさいキャラクターが面白かった。

我れ思うこの一言なくして我れはなし如月弥生菜の花の道

穂村　東◎　（ターザン山本　54歳・プロレス大道芸人）

沢田　◎、出ました。『猫又』でもキャラ爆発、プロレス評論家・山本さんの作品。

東　「発明」って言われて出た「我れ思う」って答え。え、それって「発明」？　って驚きました。自分が思わなければ存在がないっていう、《思う》って気持ちがなければ自分が存在しないという考え方そのものが「発明」。そんな把握のし方が独特で面白いなって思いました。この短歌だけ出されたら選の対象とするかどうか迷うところもあるかもしれませんし、箴言《しんげん》みたいですが、「人類の発明」だと言われるとああそうかもしれないなあと妙に納得してしまいました。下の句の書き割りのような状況設定が何だか淋《さび》しげでしみるんですよ。

穂村　でもこれ、「我思う故に我あり」のまんまじゃないですか。

東　その考えを独立したものとした捉《とら》え方が面白いかなって。それとこのニセモノくさい下の句とが嚙《か》み合ってるなあと。

穂村　これターザン山本って人まで含めて〝作品〟って気がしますね。《如月弥生菜《きさらぎやよい》の花の道》をターザン山本っていう孤高の人が進んでゆく。

沢田　やっぱりプロレス指向の歌ですね。ルールは無視してとにかく進んでゆく……自分のキャッチコピーみたいなところがある。《道》って言葉があるだけで、もうアントニオ猪木の影が見えるし。

東　ほかの人の作品でも「発明」＝「愛」とか「言葉」とか物体じゃないものがあって、そういうもっていき方もあるんだなあ、と感心しました。

沢田　「嘘」とか「過去」とか……。

穂村　「発明」じゃないですね（笑）。

沢田　こういうとき何を選ぶかって、性格が出ます。

東　もともとの出題者、漫画家の吉野朔実さんのは、素敵な回答ですね。「音楽」。

ぼくは虫愛も涙も君のものぬるめ音楽病むひとの褥《しとね》

穂村　東◎　（吉野朔実　41歳・漫画家）

沢田　《褥》とは枕ですね。

穂村　ぼくはこの歌の意味、わからなかったんですけど、東さんは◎。説明してください。

東　《ぼく》というのは、《病むひとの褥》に住みついてる《虫》だと思ったんです。《病むひと》っていうのは身動きができないので、そのかわりに《虫》が「僕は愛も涙も捧《ささ》げる」って言う。すべての人生を捧げますみたいな愛の歌ではないかしら。

穂村　《虫》が鳴いてるんですか、これ？　《ぬるめ音楽》ってのがよくわからない。

東　《虫》の音でしょうね。全部並列だから《音楽》ってことだけを特に突出して考えなかったんですけど、《褥》に住みついてるような《虫》が、この《病むひと》のために「音楽」を奏でてるってことでしょうか。病む身にもやさしいゆるやかな音を《ぬるめ音楽》と言ったんではないかと。

穂村　《愛も涙も君のもの》は、「ぼくの愛も涙も君のものだよ」って《虫》が言ってるのかな。

東　と、とったんですけど。

穂村　これは五七五七七の各句がすべて体言止め、いわゆる「よこはまたそがれ」パターンなんですけど、切れが難しい。《ぬるめ音楽》でたぶん切れてるんだろうけど、《ぬるめ音楽》を《病》んでいるのかって読みもできるし。読みきれないものが多かったなあ。この感じって、「音楽」に向かって収斂《しゅうれん》していかないような。「音楽」を最大のものと讃《たた》えてるような歌にはあんまり読めないですね。

東　《愛》とか《涙》とかが溶けた《音楽》っていうのが《ぬるめ》っていう把握のし方なんでしょうか。いずれにしてもなんだかものすごく痛切で残酷な歌だなあと感じました。《ぬるめ音楽》がだるそうでねむそうで心地よいような苦しいような……。

穂村　発明＝「音楽」「言語」というのは必ず出てきそうな解答ですよね。「醤油《しょうゆ》」とかは外国人は絶対出さないだろう（笑）。

なんにでも醤油をかけるあの人をばかにできないおんなじルーツ

穂村　東　（谷口さおり　20代・会社員）

沢田　「洋式の便座」っていうのも西洋人はきっと出さない（笑）。ヘアメイクの大御所、ハルオさんの短歌。

洋式の便座にすわり読む新聞朝のゆとりを感謝しながら

穂村　東　（渡邉晴夫　51歳・ヘア＆メイクアップ・アーティスト）

《洋式の便座》が嫌いな人もいるので、この発明は支持されないかもしれません。ああそれにしても本当に今回、二人の選が、見事に一個たりとも一致していないですね。

穂村・東　気が合わないんです。

沢田　あ、同時に言った（笑）。

ギリシアでは旅立つ人の影なぞり　今日の光を捕らえてレンズ

穂村△　東　（ねむねむ　28歳・会社員）

東　これは要するに写真を撮ってるところなんですよね。

「カメラ」。わかりにくい歌ですが同人には人気歌です。穂村さんが△。

穂村　そう。でもこれは「カメラ」をはずれてもいい歌だなとは思ったんですけど。《ギリシア》というのは《光》の強い土地っていうことがまず意識されますね。で《影》。「カメラ」の本質っていうのはそのときの一瞬を切り取って保存していくようなイメージ、この歌はそれを言っているんでしょうね。でもそのことを表現するのに《今日の光を捕らえてレンズ》っていうのはとても妙な言い方だなあ。

沢田　そうですよねえ。

穂村　特に《捕らえてレンズ》の「て」は非常に妙な言い方で、ただこれが逆に眼目で、ここに生々しさが生まれてますね。「今日の光を捕らえたレンズ」だと完全に収まっちゃうんですけど、《捕らえてレンズ》っていう、なんだろうな、これ。お願いしているわけじゃないですよね。「捕らえてください」ってお願い。

沢田　あ、ぼくそうだと思ってた。《レンズ》にお願い。

穂村　あ、そうなんですか。お願いですか、これ？　そうなのかな？

東　《捕らえ》ることによって《レンズ》が……っていうニュアンスでもとれる。

穂村　ぼくそれ迷ったんですけど、ただこの「て」が歌を不安定にしていると同時によくしてもいるんですよ。その辺が微妙なんですよね。この歌でぼくは連想したのは、

今日とはなにものかなれば　雲の氾濫うつくしき飛行場よ　　葛原妙子

というのがあって、ちょっと似てるでしょ。下の句はわかりますよね。《雲》がきれいに散っている《飛行場よ》って。でも上の句が非常に不安定で、《今日とはなにものかなれば》っていうのは破調で、全然定型にあってない。しかしやっぱりこの歌の命もその不安定さにあって、心は明らかに上の句にあるわけですよね。わけのわからないつぶやきの方に。

沢田　どういう意味でしょう？

穂村　たぶん、今自分がここにいるっていうことは、通常ルーティンに生きているときは意識しない。でも突然ふっとそれって特別なことなんだって思う瞬間がある。《今日とはなにものかなれば》っていうのは、一瞬一瞬生きているときというのはものすごく異様なことなんだっていうことが不意に意識に浮上してきたんだと思います。その《飛行場》で《うつくしき》《雲の氾濫《はんらん》》を見ているときに《今日とはなにものか》って。

東　《飛行場》というのがイメージを広げますね。

穂村　そう。例えば日付変更線っていう《飛行機》につきものの存在には《今日》という概

念をくつがえされちゃうわけですよね。《今日》がとんじゃうとか、《今日》が二回来るとか。だけどそういうこととは別に生きている《今日》っていうものはつかみがたく計りがたいっていうところがあって。ねむねむさんが持ってきた「カメラ」というのは物理的には今日とか、その瞬間というものをつかんじゃうわけですね。日付入りの写真として。でも本当のその瞬間というものは実際には取り逃がしてるわけで。この人は体感的にそのことを知ってますね。「カメラ」で完全に人生やその一瞬が保存できるなんて思ってない。思ってないから《今日の光を捕らえてレンズ》ってなる。この不安定さ。《捕らえ》られないんだということがわかっているからこの下の句が出てくる。やはり力がありますね、ねむねむさんは。ただ、力があるから、短歌というものをあまり考えないですね、毎回。考えないでも書けちゃうから。だから、すごく東さんとよく似ているんですけど（笑）。

沢田　書けちゃう人は考えない。

穂村　ええ。書けちゃうから。でも、そこがやっぱりそれはそれで大きな限界で、考えなくても書けるんだからいいのかっていうと、短歌はやはりそうじゃない。ここのところがすごく面白いんですが。別の章で触れようと思うのですが、『猫又』にはほかにも中村のり子さんという「書けちゃう」高校生がいますよね。

沢田　例えば、今回のテーマではありませんが、自由題「夏に詠む」から。

足音は目を閉じるたびちかくなり月を見るたび痛くて痛くて　　中村のり子

あじさいは晴天の下からからと渇いた土に息もできない　同

驚くほど一つの世界が構築されています。

言葉に天然ミネラルがある人。

穂村　ねむねむさんも中村さんも明らかな失敗作ってたぶん一首もないんですよ。でもそのかわりみんなこういうふうに、《今日の光を～》のこの下の句みたいに、すごくいいところを押さえつつも不安定にもしているとか。言葉の中にプラスとマイナスを同時に浮上させてくるんです。女性に多いんですけど、才能があるタイプ。でもなかなか代表歌っていうのが見つかってこない。東さんの歌でも、そういうごちゃごちゃっとした無数の人を刺激するような歌がたくさんある中で、「本当の秀歌」っていうのはすっと抜けてくる。際立っている。一読しただけでよさがわかる、って感じ。「草」の章で詠まれたこの歌もそうですね。

ふたりしてひかりのように泣きました　あのやわらかい草の上では　東直子

沢田　なんか文法的にはヘンなのですが、とてもしみる歌ですね。時制もヘン。

穂村　そうなんですよ。ねむねむさんの《今日の光をとらえてレンズ》ってのも普通じゃない。普通はこうじゃないよな、と。でもその普通じゃなさをどうやって汲《く》み上げてきたのかって思うわけです。でもこの人たちはきっと普通にできる。天然の井戸水に必ずこういう成分が含まれるみたいに、言葉にミネラルとかビタミンが絶対に入ってくる。

沢田　そうそうできるもんじゃないですよね。

穂村　できないですよ。普通の人間にはできない。でもできる人はいるし、そのでき方にも差はあって、まあ東さんはそれがものすごくできるから、それだけでプロになってしまったって感じなんですけれど（笑）。ねむねむさんもかなり、ですね。

沢田　じゃ、ねむちゃんはもっとそのことに自覚的になれよと。

穂村　まさにそうですね。

東　天然のミネラルを「自覚」せよ、って言われてもねえ……（笑）。

沢田　ちなみに、同人評。「◎カメラがつかまえる《光》と《影》が、《今日》何か言葉にならない気分を永遠に記憶してくれる。《レンズ》に託す感情がほの見えてとても好きな歌」（やまだ）。この人は「願い」と読んでますね。「○美しい。美しすぎて拒絶してしまいそうにもなる程です。知的なカタカナに降参します」（長濱）。「○《影》を《なぞ》るなんて私には新発見でした」（梅田）。「○晴れた青空の日にはこの下の句につかまって一日が過ぎてゆきます」。これは沢田の感想です。つかまっちゃうんですよ、いい言葉には。というわけで次、「ことば」。女性誌編集者の湯川さん。

まだ知らない　愛にまつわることばだけ　話していてよ　遠い国では

穂村△　東　（湯川昌美　26歳・編集者）

穂村　ゆるいんですけど、気持ちは伝わってきます。《遠い国》ってのは全然具体的ではなくって、自分の《知らない》《遠い国》というのがどこかにあってほしいという気持ちが詠《うた》われているんでしょうね。そこでは残酷なこととか現実的に苦しいこととかそういうものがなくって、《愛にまつわることばだけ》そこの住人は《話して》いるような、そういう世界であってほしいという。

沢田　《まだ知らない》は、何にかかるのかな？

穂村　うーん、これは《国》を知らなければ、そこで使われている言語も未知のものだということで、《国》と《愛にまつわることば》の両方にかかってくるんじゃないかな？　言語がわからないというのは単に外国語がわからないってことではなく、《愛》っていうことについての《まだ知らない》「ことば」が自分にはたくさんあるだろう。つまり自分は今まだ《愛》をコントロールできなかったり、《愛》をちゃんとつかめないのだと。これから自分は《遠い国》に行って、そこでは《愛》にまつわるもっと有効で素敵な「ことば」があってそれを使いこなすんだと。《愛》ってものがもっとなめらかに回ってゆく世界、そういうあこがれじゃないかな？

沢田　それはここではない。現在ではない。よそ、のどこか。

穂村　子どもから見れば大人の国はこうかもしれないし。大人からすれば大人の国はこうじゃないことはもう知ってしまったから、もっと違う、例えばハーレクインロマンスの国かもしれないし（笑）。

沢田　あの世、でしょうか。極楽。

穂村　例えば歌人の水原紫苑さんにとっては、「能」とかの世界がこれなんですよね。必ず人が死んで、死者の魂との交感になる。生きてる者同士ではこの世界はもうだめだから、片方が死んでいなければ本当の愛の世界は成就しないみたいな立場とかもありうると。

　魚食《うを》めば魚の墓なるひとの身か手向くるごとくくちづけにけり　　水原紫苑

　足拍子ひたに踏みをり生きかはり死にかはりわれとなるものを踏む　　同

東　湯川さんの「ことば」の歌、うわごとみたいなセリフですよね。あまりにも抽象的だから読みとばしてしまったんだけど、深く読んでいくと祈りがこもっているな、とわかります。私は穂村さんのこんな歌を連想しました。

　こんなにもふたりで空を見上げてる　生きてることがおいのりになる　　穂村弘

穂村　湯川さんの歌は、この「お金」の歌とも意外に近いんですね。

ちりぬるをわかよのかねとあきらめりゃかえぬものなしうつしよ
はかね　　穂村△　東　（針谷圭角　52歳・飲食業）

愛とかね、そういうはかないものをあきらめてしまえば、この世は《かね》さえあれば万能じゃないか、といった歌なんだけど、本当にそう思ってる人間はこんな短歌作らないわけで、基本にある意識は湯川さんとたぶんあまり変わらない。シャイな逆説として「お金」が最大の発明じゃないかって言ってみる。面白い歌です。

沢田　「△全部ひらがななので、本当はお金は嫌いとおっしゃっているのでは？　ちょっとなげやりな感じも、おもしろいです」（坂根）という評があります。ほかには、「◎あーこの方はかっこいいなぁ、きっとかっこいいです。おなじみのうたがどこかでするりと入れ替わっていて、騙《だま》されたみたいな気分です。なぜだかギャグになり過ぎないで、『いろはにほへと』とおんなじ、静かで寂しいことばにきこえます」（中村）。

穂村　こういう短歌を思い出しました。

ちりぬるをちりぬるを　とぞつぶやけば過ぎにしかげの顕《た》ち揺ぐなり　　斎藤史

《ちりぬるを》がはかなく消えてしまったものを誘導するようなパターンとして用いられるってことですね。源流にあるのは、たぶんこの俳句です。

竹馬やいろはにほへとちり〴〵に　　久保田万太郎

《竹馬》で遊んでいた子どもがばらばらにうちに帰っちゃう。そういう光景が浮かぶけど、それは結局人生そのものの比喩《ひゆ》じゃないかと。子どもの頃一緒にいた人たちがやがて自らの《竹馬》に乗って《ちり〴〵に》なってしまう。要するにはかなさの象徴としてある。

東　《竹馬》に乗って《ちり〴〵に》なるっていうのが、「いろはにほへと」の文字をも連想させますね。前半が《ちり〴〵》の序詞みたいで、いろんな意味で面白い句ですね。

穂村　斎藤史の短歌は、その句がたぶん意識にあって、《ちりぬるをちりぬるを》とつぶやくと、《過ぎにしかげ》、たぶん過去、自分の身近にいた父親か親族か恋人か友達か、そういう人たちが今はどっか遠くに行っちゃったけれど、この呪文《じゅもん》で一瞬よみがえって《かげ》が現れる、というような歌ですね。この「お金」の作者も全部ひらがなで当然「いろはにほへと」を意識してますから。これをもしも全部「いろはうた」みたいに同じ文字を一個も使ってないようなら、たいへんな技術なんですけどね。ちょっと話がはずれますが、そういう新「いろはうた」コンテストが明治時代にあって、一番になったのはこんな傑作です。

　とりなくこゑす　ゆめさませ　みよあけわたる　ひんかしを　そらいろはえて　おきつへに　ほふねむれゐぬ　もやのうち（鳥啼く声す　夢覚ませ　見よ明け渡る　東を　空色映えて　沖つ辺に　帆船群れ居ぬ　靄の内）

東　ひらがなは面白いですね。わたし、こないだこんな歌を作りましたよ。

あかさたな、ほもよろを、と紅葉散りわたしの靴を明るく濡らす　　東直子

沢田　「あかさたな、はまやらわ」ではないんですね。それだと《紅葉》の散る感はないもんなあ。

穂村　さて、ぼくの△はあと一個だけ。「ワープロ」。

ワープロの折りにしためす「氷魚（hio）」とふ変換　来世の契りのやうに

穂村△　東　（那波かおり　42歳・英米文学翻訳家）

○にできそうな歌だと思ったんですけれど、ちょっとわからなかったんで。《ワープロの折りにしためす》っていうのが、《ワープロ》を打つ折々にというような意味なのかな？《し》は強意の《し》かな？　とかって。「折々にためす」というところを《し》で強調しているととると、「ワープロ」の折々に《hio》と打ってみて、これが《氷魚》と変換されることを試さずにはいられないっていうか、単に性能を試す以上の何かがあって、そういう一種の強迫観念に近いような、くせみたいなものがある、という歌ですね。《氷魚》と《来世の契《ちぎ》り》をするという発想には魅力を感じましたね。

沢田　つい打ってしまうって意味かなあ。ぼくが、時々「ねこ」って打つみたいに。

穂村　え!?　「ねこ」って打つんですか？

沢田　はあ。ぼおっとしてるときとか……《来世の契り》かな？

東　それは前世でしょう（笑）。

穂村　《とぷ》も字足らずだから、音数的には「といふ」でいいのに。といった細かい疵《きず》がある。これは一歩間違うとたいへんな名歌になりうるということで△なんですよ。

沢田　ところで《氷魚》って何ですか？　「氷下魚《こまい》」に似ているけど……（辞書をひく）えっ、「鮎《あゆ》の稚魚」だって。「氷のようだからこう呼ばれる」って。知らなかった。

東　「ワープロ」がなければそのくせも出てこないわけで、発明品によって発見されたものなんですね。

沢田　次、東さんが△をつけてる、「鏡」。

一時間淑女の化粧完成す三面鏡に猿のミルフィーユ

穂村　東△（響一）

東　《三面鏡》が像を写し合っている状態を《ミルフィーユ》と呼んでいるんですね。アイロニーというより悪意を感じますね。

沢田　「見ザル聞かザル言わザル」もほのかに連想させますね。

穂村　さてと、では無印の歌について、プロはその世界をこう詠んでいるというものを挙げ

てみたいと思います。まずはターザン山本さんのもう一つの発明の歌「衣服」で、

人類のアイデンティティは衣服なり裸体の輝き永遠の興奮

穂村　東（ターザン山本　54歳・プロレス大道芸人）

というのがあるのですが、こういう歌を思い出しました。

異星にも下着といふはあるらむかあるらめ文化の精髄なれば

山田富士郎

《異星》にも《下着》というのはあるだろうか？　あるだろう、なぜならそれは《文化の精髄》だから。とすると、これは《人類のアイデンティティは衣服》だっていうターザンさんの考えと同じですね。わりと有名な歌なんですけれど、これを阿木津英さんという歌人が見たときに《下着》っていう言い方がいやらしいという批判をしたんですが、「私ならこれははっきり『パンティ』と書きますね」って言ってた。「パンティ」だと女物限定になっちゃうのでは、ってぼくは思ったのですが（笑）。

沢田　それから、「ビール」。

グビッグビ　泡の向こうに見えるのは　荒波溺れる私かな、プハー

穂村　東（小林舞　20代・会社員）

穂村　《グビッグビ》《プハー》と、ごく自然に書かれているんですけれど、オノマトペ、擬音語擬声語というのは、実は無限に追求できるジャンルなんですね。《グビッグビ》《プハー》っていうのはオノマトペとしては既製品。既に定着してる言葉だと。で、同じ「ビール」もののオノマトペで、プロの作品を一つ。

シュベッケン、シュベックリン、たった今の鼓動のようにビールをつげば　加藤治郎

これはぼくは必ずしも成功してるって思えないんですけれど（笑）、オリジナリティを追求した例ですね。

東　なんとなくドイツを感じさせる響きだけど、これ、《鼓動》なんですね。人っぽい感じで気味が悪い。

沢田　ツベルクリンとかシュバイツァー、クレッペリン、ツェッペリンなんかを思い出します。言われてみると確かに発泡的な音感がありますね。

穂村　オノマトペっていうのは、わざと類型でやるというのも一つの手なんだけどね、その奥に深いフィールドがあるんだってことです。例を挙げればいくらでも特異なオノマトペっていうのがあって、それにチャレンジしてみたい。宮沢賢治なんかすごくうまいじゃないですか。「うるうる」盛り上がってとか。

沢田　「キックキックトントン」とか。「のんのんのんのん」とか。あ、「のんのん」は『オ

ツベルと象』ですね。
さてところで最後は「酒」。詠み手は、某ビール会社のOLです。

ITやバイオや星の夢見ても幾千年を呑み継ぐ夕べ

穂村　東△（坪井純子　30代・会社員）

東　これは下の句が好きだった。《幾千年を呑み継ぐ夕べ》って。酒が何千年も呑み継がれてきて、今私も呑んでいる。自分の生きている時間は、悠久の歴史からすると一瞬なんだけれど、その一瞬の中で呑んでるという、前にも後ろにも時間がゆったりあるという感じがいいと思いました。同じく《千年》の出てくるものでこんな歌がありますよ。

楽しかったね　春のけはいの風がきて千年も前のたれかの結語　井辻朱美

沢田　さあではぼちぼちわれわれも休憩、《シュベッケン、シュベックリン》とビールでも飲みに行きましょうか。
穂村　そんな音はしないでしょうが（笑）。

ママン

イラスト・高橋マリ子
（モデル／女優）

誰にでも一人いる人、一人だけの存在をお題にしました。母、おかあさん、おかあちゃん、おかん、おふくろ、垂乳根《たらちね》、マザー、ママ……。言い方はいっぱい。でも今回は「ママン」に限定。フランス語です。この語に限定したら、どんな短歌が生まれるのでしょうか？

この出題者も穂村さん。いつもより選の多い、バラエティ豊かな回となりました。イラストはモデル・女優の高橋マリ子さん。マリ子さんのママンも素敵な人なんですよ。

穂村&東の選【ママン】34首

○△ 満月にママンがくるの分かってる　生きても死んでもいない海底《うみぞこ》　中村のり子

○△ ねえママンあたしこれから千個目の嘘をつきます気付いてるでしょ　よしだかよ

△○ 裂くように夏が行きます。風の夜、ママンが残した「朗読者」読む。　針谷圭角

△○ 熱の夜ママンのお針子夢にあらわれ「頭はこうして縫っておくのよ」　那波かおり

△○ ママンあの夜の雪のやうです海底《うなぞこ》に珊瑚が卵を降らせてゐます　堂郎

△○ 波にゆれ風にもどされママンの手　忘れたいこと忘れてしまった　平田ぽん

○ ママンあれはぼくの鳥だねママンママンぼくの落とした砂じゃないよね　東直子

○ 君の言う　ママンハ　ヤット　センニンニ　そっと心で仏と直し　小林花

○ 伴奏はアコーディオン　泡のやうなママンの歌声弔いの夜に　本下いづみ

○ 枕もとしおれた指を握り締め　ママン僕は悪い子でした　さき

△△カツノリがホームラン打った夜ママンは赤いドレスを着ました　宇田川幸洋

△△折り紙で牡丹を折って見せる子の粘る青っ洟ママンは拭くの　本下いづみ

△△痛くない？　ウインナみたいなママンのしもやけ　ママンのママンのママンのママンの辛抱　那波かおり

△△ビスキュイをミルクに浸して食べるのはママンのママン春代90歳　戸所恵利

△△歌ってよ僕が寝たふりできるよにララバイ月は遠いね、ママン　井口一夫

△△「あの香り」放つ一輪一周忌　誰がママンを花に変えたの　響一

△△ママンくるママンのママンのママンくる4のつく日のすがもジュテーム　沢田康彦

△「明るい服を着なさい」ママンにならなかった犬を庭に埋めた日　ねむねむ

△割れ絵皿大きいママン壁に埋め　ぎいと笑えば猫ひらりおり　柳沢治之

△暑いわねママンの夏は華氏百十一度ニチニチソウ煮ています　宇田川幸洋

△ママンの名前はダグマール死者に語りかけるときはほかの名をつかう　同

△ママン来て泣く子はないかとねめまわし砂糖を入れたケーキをくばる　同

△「私にも偏見なんてあったのね」「ママン！私が許してあげる」　長濱智子

△神様のまめさやぱつんと鳴って　ママンはコロガル落ちてゆく　平田ぽん

△階段の上に吊り下げられた豚のようだねママン、パパンの首吊り　マーシー

△みずのなかてっぺんまでひたひた　すーんとするママンあたしはとかげ　本名陽子

△ママ　マンマ　ママン　マミーやオマンマの　由来は同じ　乳給ふ母　大塚ひかり

△おまえはね寅年だから強いのよママンの暗示私の力　渡邉晴夫

△ふみちゃんのママンののんだコップにはあかいしるしがついてしまうの　平田ぽん

△贅沢なお肉くくくとふるわせてお気楽笑顔　私のママン　坂根みどり

△職人の丹精こめたお饅頭　真の饅頭　真饅《ままん》と呼んで　同

△鏡にはあたしのきらいなママンいて紅い涙を流しています　よしだかよ

△遡る時の回廊曲がるたびママンあなたは手招きをする　堂郎

△命湧くママンの乳を吸う坊や　喰っているの？喰われているの？　響一

穂村　ちょっとひねった題から面白い歌が生まれています。

沢田　「ママ」じゃなく、「ママン」であるところがミソ。

東　パパは「パパ」。パパンじゃないんですよね（笑）。勘違いしてる人もいた。

沢田　あっというまにカミュの『異邦人』思い出します。

穂村　「きょう、ママンが死んだ」。名訳です。

沢田　ぼくは大学時代フランス語学科だったもんで、うまいんですよ、「ママン」の発音。鼻母音だから鼻にもわーっとかけて発音するんですよね……もまん！

東　わ、気持ちわるい！

穂村　日本で「ママン」って言った場合は明らかに不自然なんで、それによって何が起きるかというと、母子関係のコワさや甘美さというものが強調されてくるみたいです。例えば、

命湧くママンの乳を吸う坊や　喰っているの？喰われているの？

穂村　東△（響一）

母子関係の甘美で根源的で、でもコワいっていう、愛とそれへの抵抗というのかな、一体化の異常さみたいなものを表現している。ただこの歌はあまりにもベタだと思うんで、ぼくはとれなかったんですけど。

東　「ママン」のコワさっていうのを直球で書いていて、《乳を吸う》ってことが《喰っている》のか《喰われている》のかわからなくなるという母子の体の一体感ですね。《命》が生まれた直後の動物的な感じがよく出てると思いました。

穂村　根本的に人間が人間を産んで育てるっていうことの異常さ、ほかにそれに匹敵する異常な事態ってやっぱりないと思うんですよね。今回は、そのすごさを表現した歌が多かった。

東　ママを「ママン」にすると、そういうことがより過剰になる。

穂村　ママがモンスターになっちゃう。

東　女性性も強くなるよね。母性と女性がからみあって、個性が濃くなっていく。

沢田　今回のイラストは、モデル／女優の高橋マリ子さんですが、まことに彼女らしいさわ

やかなママン画に比して、おどろおどろしい歌が多かったですねえ。

満月にママンがくるの分かってる　生きても死んでもいない海底《うみぞこ》

穂村○　東△　（中村のり子　17歳・学生）

穂村　生々しいホラー感がある秀歌ですね。これは映像的には一つに絞りにくいんですが、コワさがあります。「ママン」が怪物みたいな。もう一つ言うと、女性の生理周期を連想させるっていうか、生理周期の連続が人間が人間を作ることの根源的な作用と関わっているわけです。《満月に》生理が《くるの分かってる》ってことを、母親に置き換えると自分が母になる予兆になる。毎月の生理は自分が母親になるべき宿命みたいなもので。自分を産んだ母親にもそれがあり、そのまた母親にもそれがあり、っていうその連続性がここで生まれてくる。葛原妙子の有名な歌で、こういうのがあります。

奔馬ひとつ冬のかすみの奥に消ゆわれのみが累々と子をもてりけり　　葛原妙子

生命力の塊のように猛々《たけだけ》しく走り去っていく《馬》が《冬のかすみの奥に》消えていった。で、自分だけがここにとどまって《累々と》子どもを産み続けていく。母として子どもを産むことの宿命に対する一種の憎悪みたいな、そういう歌なんだけれど、中村さんのこの歌にもそれがある。今回の「ママン」の歌は、子どもが男の場合と女の場合で違っていて、全体に男の子の方が甘美な歌になりがちで、女の子の場合の方がホラーっぽくなっていくんですよね。それは女性が結局自分が母になるっていう宿命の連鎖を母親の中に見るからじゃないでしょうか。

沢田　《生きても死んでもいない海底》って表現、いいですね。原始のものがたゆたう感じ。子宮のようでもあり、卵子のことを思ったりもします。母なる海の底で卵が何かを待っているイメージ。卵子も精子も出会うまではまさに《生きても死んでもいない》。

穂村　伝統的に日本では、母子関係は麗しいっていう意識があった。でも、漫画家の楳図《うめず》かずおさんがインタビューで言ってたけど、あるとき「ママがこわい」っていうタイトルのホラーを描いたらすごい受けたっていう。やっぱりツボをついたんでしょうね。それまで「ママは優しい」っていうのでずっと来てたわけだけど、心の底でみんなはそれだけじゃないことを知っていた。月齢によって母親が狂って自分の首を絞めに来る、っていうような仮にホラーがあったとしても、その恐怖を覚える根源にはそういうものがあるんですよね。吉田《よしだ》秋《あき》生《み》にもそんな漫画があって、母親が息子を襲いに来る。母子愛があまりにも強くなりすぎて、満月のたびに息子の部屋の戸を叩《たた》いて犯しに来る、モンスター化するって話。

沢田　父が娘を犯す話より、なぜかもっと深みがありますね。外国でもこわいママ映画はありますよ。ダニー・デビート監督・主演の『鬼ママを殺せ』とか、最近だとニコール・キッドマンが出てた『アザーズ』ってのもあったなあ。それから、ニュージーランドの傑作スプラッタ『ブレインデッド』。これなんか極めつけです。ママが最後怪獣になって子宮の中に息子を取り込んでしまう。……というわけで、映画評論家・宇田川さんはさすがに映像的に鋭く突いてきています。

ママン来て泣く子はないかとねめまわし砂糖を入れたケーキをくばる

穂村△　東　（宇田川幸洋　51歳・映画評論家）

東　ホラーですね。

穂村　この《ねめまわし》の入り込み方とか《砂糖を入れたケーキをくばる》って、なんか毒を入れたみたいに読める。

沢田　よく読むと当たり前、普通の状況なんですが。

東　《泣く子》に《ケーキ》をあげる、ということですもんね。

沢田　《ケーキ》に《砂糖》が入っているのは当たり前だけど、例えば萩原朔太郎の「帽子の下に顔がある」みたいな、言わなくてもいいことを敢《あ》えていうとホラーが生じるんでしょうか。

蛙の死　　萩原朔太郎

蛙が殺された、
子供がまるくなつて手をあげた、
みんないつしよに、
かはゆらしい、
血だらけの手をあげた、
月が出た、
丘の上に人が立つてゐる。
帽子の下に顔がある。

穂村　宇田川さんの歌もわざと化け物化してるんですね。これは優しいんだか、モンスターなんだかという微妙な線をねらっている。ナマハゲ的って言いますか。《泣く子》は食ってしまうというイメージが途中であって、でも《砂糖》入りの《ケーキをくばる》という。しかし優しいかというと、どうもそうではない。

東　過剰な《ケーキ》。《砂糖》って愛情の喩《たと》えなんですね。

穂村　これはやっぱり母子関係そのものの感じですね。甘い毒のような。どこかでそれは断ち切らなくてはいけないものなのだ、ということが潜在的に含まれている。

カツノリがホームラン打った夜ママンは赤いドレスを着ました

穂村△　東△　（宇田川幸洋）

沢田　次の歌はお二人とも△。

穂村　《カツノリ》は野村克則ですよね。ということは「ママン」はあの人ですよね。彼女は「ママン」っていうのが似合う人。日本人としては限りなく「ママン」な人。

沢田　モンスターではないが、限りなく……。「○少年の夢が油分過多な化粧臭に飲み込まれていく。これはやっぱり〈ママ〉ではダメで、〈ママン〉のなせる技だと思いました」（長濱）。

穂村　ママが「ママン」になるとモンスターになるということを非常によく体現しているし、単に異形だというだけじゃないですよね。あの姿は深いところに訴えてくるものがある。でありながら《ドレス》を着る感じとか、息子が《ホームランを打った》らうれしいという気持ちとかがよけいコワい。

東　《赤いドレス》着てる姿、ぱあっと浮かぶもんね。《着ました》という物語を語るような口調も効いていますす。

沢田　実際に見たわけでもないのに、見たように書いてる（笑）。ぽんさんの歌も同じ傾向の、しかも「赤」の歌。

ふみちゃんのママンののんだコップにはあかいしるしがついてしまうの

穂村　東△（平田ぽん　33歳・歌手）

東　これは《コップ》に口紅がついたってことなんでしょうけど、《あかいしるし》がついたという書き方がかわいいなと。

沢田　「○さらりと詠んでいるが、懐かしんでいる視線ではなく、すっかり少女になっているのがスゴイところ。《のんだコップ》《あかいしるしがついて》は、そうじゃなきゃ簡単に出てこない言葉だと思う」（本下）。

東　《ふみちゃん》はたぶん自分の友達で、《ふみちゃんのママン》はお化粧をよくする色っぽいお母さんで、ちょっとドキッとしたんじゃないの？　友達のお母さんに女を感じてしまうというか。

ママンの名前はダグマール死者に語りかけるときはほかの名をつかう

穂村△　東（宇田川幸洋　51歳・映画評論家）

穂村　この歌の《ダグマール》もぼくはわからなかったけれども、《死者に語りかけるときはほかの名をつかう》というのも魔女的な感じで、『手紙魔まみ』でぼくも、こんな歌を詠みました。

大切なことをひとりで為し遂げにゆくときのための名前があるのというように名前をつけるのはひとつの呪術《じゅじゅつ》なんですよね。　穂村弘

「ママン」って「来る」もの。

熱の夜ママンのお針子夢にあらわれ「頭はこうして縫っておくのよ」

穂村△　東○　（那波かおり　43歳・英米文学翻訳家）

東　本当に《頭》ちくちく《縫》われてる感じがして、すごく実感があります。
沢田　みんな「ママン」をなんだと思ってるんでしょうか（笑）。
穂村　《熱の夜》がちょっと説明的かなって気がする。この《頭はこうして縫っておくのよ》というのも出産のイメージがありますね。
沢田　このめちゃめちゃな言い回しってちょっとない表現。
穂村　でもまあだいたいこれくらいのずれのあることを、確信を持って母親は言ってますからね（笑）。母子関係においては社会的な検証なんかないわけだから、どんなヘンなことでも「これはこうなんだ」って母親が言えば、子どもはそれに抗《あらが》えないわけでしょ、そこがす

ごい。

東　お母さんの言うことは絶対だもんね。でも、実際に母親の人もいるのに、みんな自分が「ママン」になった歌を作らなかった。

沢田　全六十七首もあるのに、一首たりとも「わたしはママン」というのはなかったですね。作ってやればよかった……。

東　みんな子どもからの視点で描いてますね。母性というものをどうとらえているかというのがわかって面白いなあ。生死に関わるものがなぜか多い。

沢田　こうやって全体見ると、「ママン」って「来る」ものなんですね。

東　ほんとだ。「ママン行く」っていうのはないのね。

沢田　拙作も「来る」でした。

ママンくるママンのママンのママンくる4のつく日のすがもジュテーム

穂村△　東△　（沢田康彦　44歳・編集者）

穂村　「ママン」の妖怪《ようかい》性をやっぱり出していますね。それから《すがも》と《ジュテーム》の対照も面白い。巣鴨……おばあさんの原宿は《4のつく日》が売り出しなんですよね。不思議だなあ、《4》は「死」にも通じるというのに。普通だったら縁起悪いのに。《ママンのママンのママン》は決して死なないからさ、《くる》わけね。

東　《4のつく日》にわらわらと。

沢田　みんな背丈が同じくらいなんですよ。

穂村　そう。おばあさんってある一定レベル以上になるとさ、おばあさんとその母親の区別ってつかないような感じがあるじゃない。ぼくにもおばあさんがいて、今九十五歳なの。ぼくが物心ついたときには既に「おばあさん」だったのに、まだ「おばあさん」のままなんだ。

沢田　女優の菅井きんさんもそのキャラですね。

穂村　子どもだったぼくはおじさんになったのに、おばあさんはいつまでもおばあさん。年に一回くらい危篤になって、毎年両親が会いに行くんだけど、ちゃんと元気になる。もう十年くらいそれをやってる（笑）。

沢田　……笑って話していいのかな？　さて那波さん。もう一首。こちらも《ママンのママンのママン》があります。曾祖母《そうそぼ》のことではないみたいだけど。

痛くない？　ウインナみたいなママンのしもやけ　ママンのママンのママンの辛抱

穂村△　東△　（那波かおり　43歳・英米文学翻訳家）

穂村　これは《ウインナみたいなママンのしもやけ》がすごくいいなって思いました。ほんとに子どもの把握ですね。

東　ただ《辛抱》ってどうかな？　子どもが《ウインナみたいな》って把握したんだから、

その把握を活《い》かしてふくらませた方がいい気がする。《辛抱》は、急に「ママン」側の落ちに収束させてしまうので、ない方がいいのでは。

穂村　作り慣れていないと一首の中の定量感がつかめないんだと思う。どれくらいのものが盛り込まれるべきなのか。詰め込まれすぎてたら、それは自然と二首に分かれるべきだとかね。

沢田　その議論以前にものすごく字余りです。

東　でも視点はいいなあ。母親が怪我したり病気になったりすると、子どもはすごく不安になる。ママの体の一部が変わっていくだけで、すごくコワくなる。このまま怪獣になってしまいそうな、そういうコワさ。私、こういう歌があるんですが、

　夕映えのさしこむ厨ほたほたと母はトマトの汁をこぼしぬ　　東直子

これ単に母親が《厨《くりや》》、つまり台所の流しの所で《トマト》を丸ごと齧《かじ》っているだけなんだけど、なんかコワかったんだよね（笑）。

穂村　お父さんを食っていたんだ。

東　お母さんが日常とちょっと違うことをやったとき、妙に不安に感じてしまう瞬間っていうのがあって、那波さんの歌もその辺をついている。

穂村　他人がどんなふるまいをしても、そのコワさは母親がコワいっていう根源的なものに

比べたら、殺人鬼だろうがなんだろうが、別にただ接触しなきゃいいだけだもんねえ。でも母親がヘンだったらコワい。しかもコワかったり優しかったりムラがあるというのはもっとコワい（笑）。

東 父親のコワさとは違うんだよね。

穂村 一貫性のない、不安定なもの。

沢田 泣いてたり。母の涙はいやなものですよねえ。母とともに子どもって一喜一憂を強いられる。ひょっとしたら死ぬまで。

穂村 そういう母親からの呪縛に抗う意識の見られる歌もありましたね。

鏡にはあたしのきらいなママいて紅い涙を流しています

穂村　東△（よしだかよ　30歳・らいぶらりあん）

これなんかは自己同一化が見られる。自分の映像を見て言っている。自分の中に母親がいるのかな。

東 女の子にとっては、人生でいちばん最初に接する同性なんですよね。「敵」っていうか、対抗するものであり、自分を投影して嫌悪感を抱いたりする。

穂村 自分の未来を見るのかな。

東 《紅《あか》い涙》っていう言葉に女性としての呪いがあるね。

穂村　うーん、この表現は先行するものがちゃんとあってそれを書きにきてる。本当に新鮮な感情を起《た》ち上げている歌ではないっていう感じがするから、ぼくはとりませんでした。

沢田　ぼくは、《あたし》って表現が好きでしたね。次のも。

ねえママンあたしこれから千個目の嘘をつきます気付いてるでしよ　　穂村○　東△　（よしだかよ）

穂村　これは一読してうまいと思いました。特に同性の場合の「ママン」像というのが、うまく書けてる。

東　関係性はリアルに出てるよねえ。《気付いてる》がとても鋭い。ただ《千個目》っていうのがすごく作った感があったんですよ。《千》でたくさんということを表すというのはどうかなあ。

穂村　でもスタンプカードが《千》個目になるとなにか起きるようなイメージってあるしなあ。それはあなたも通ってきた道でしょっていうのが背後にある。

沢田　ママンは《千個》全部に《気付いてる》！　この歌、投票では一位でした。「◎《ママン》という言葉は呼び掛けに似合う。《気付いてるでしょ》がちょっと声を低めるようで効いている」（堂郎）。「○《ママン》っぽさでいったらこれ。こわいなぁ。心当たりのある自分がまたこわい」（中村）。

枕もとしおれた指を握り締め　ママン僕は悪い子でした

穂村　東○　（さき　40歳・ワインショップ経営）

東　悲しい感じ。ママの《指》が《しおれ》ていて、それってさっきの「ウインナ」みたいな感じで、ママに対する不安感っていうのがよく出てるなあ。《僕は悪い子でした》って心の中でつぶやいて。せつない親子関係が見えてきますね。自分が男の子って設定で書いているんでしょう。けなげな子どもと疲れているおかあさんの関係。

沢田　「私は」としたら音数が合うのに、敢えて《僕は》と。

「明るい服を着なさい」ママンにならなかった犬を庭に埋めた日

穂村△　東　（ねむねむ　29歳・会社員）

誰のセリフかな？

穂村　たぶん自分の母親が言ったんじゃないかな。《犬》は母親にならずに死んだけど、それを埋めるときに自分の母親がそう言った、って歌でしょう。ただこれは「ママン」って言葉を使う必要があるかな。

東　《犬》だからね。「ママ」でいいのかも。

穂村　でも《明るい服を着なさい》はいいですね。《犬》が死んだとき、墓に埋めるとき、そういうときには《明るい服を着》るものよと教えた、というのはそれ自体映画的なエピソードで、そのことを印象的に書いている。ただ短歌的な処理としては、かなり無理があるなあ。

割れ絵皿大きいママン壁に埋め　ぎいと笑えば猫ひらりおり

穂村△東　（柳沢治之　44歳・歯科医）

沢田 《大きいママン》って言い方好き。
東 イタリアのおっかさんぽいね。
沢田 それだと「マンマ」ですよ、東さん。
東 誰が《笑》うのかは書いてないですね。
沢田 シチュエーションはわからないが、不思議と絵は見える。
穂村 この歌は特に上の句がうまく読み取れないですね。でも《壁に》死体を《埋め》るようなイメージとかね、《ぎいと笑えば猫ひらりおり》ってあたりがなんだか気になりまして（笑）。《ぎい》って妙にホラーっぽい。
沢田 「△意味分からないのに魅力的な歌です。謎のメッセージをリズムで読ませちゃって気持ちいい」（中村）。

「ママン」と娘、「ママン」と息子。
ビスキュイをミルクに浸して食べるのはママンのママン春代90歳

穂村△　東△　（戸所恵利　31歳・会社員）

穂村　《ママンのママン》ってよく出ますね。これやっぱり無意識のうちに連続性を見てるんでしょうね。パパのパパとはあまり考えない。

東　これはモダンな家系っぽい。

穂村　でも、これもかすかに化け物感がある。これをさらに「ママンのママンのママン秋代122歳」とかとしたらおかしいな。

沢田　《ビスキュイ》がおしゃれ。「ママン」だからね。

穂村　でもたぶんミルクでぐちゃぐちゃ。

東　歯が悪いのかな、《春代》さん。アメリカ帰りって感じ。

沢田　東さーん、フランスじゃないでしょうか、この場合（笑）。

折り紙で牡丹を折って見せる子の粘る青っ洟ママンは拭くの

穂村△　東△　（本下いづみ　41歳・絵本作家）

穂村　これはジャパニーズな感じが面白かったです。突然最後に「ママン」が出てくる。
東　ジャパニーズモダン（笑）。
沢田　《折り紙》《牡丹《ぼたん》》《青っ洟《ばな》》で、色彩があります。
東　気取りながら《青っ洟》拭《ふ》いてるところが笑えます。子どもが《折り紙》してるときみたいに集中すると、口が半開きになってよだれやら鼻水やら垂れ流しになるんで、リアルだなと思いました。《折り紙》《牡丹》と上品な感じできて、《青っ洟》で落とす。
穂村　このずれがいいんだね。普通では折れないようなものを《折って》るけど、《青っ洟》垂らしてる。さらに読めば、子どもが受験とかになったらもう母親なんかにはわからない数学とかやるわけだけど、でも《青っ洟》はママが《拭く》、みたいなアンバランスな感じ、あれを思わせる。

伴奏はアコーディオン　泡のやうなママンの歌声弔いの夜に

穂村　東○（本下いづみ）

東　《泡のやうなママンの歌声》というのがよかった。ずっと聴いていたいような心地よい感じで。しかも《弔いの夜》なんですね。キリスト教系のお葬式なのかなあ。女の人が歌っていて、自分もそれに包まれているような。「ママン」の声特有の高揚感も出ています。

贅沢なお肉くくくとふるわせてお気楽笑顔　私のママン

穂村　東△（坂根みどり　39歳・主婦）

沢田　《くくくとふるわせ》、というのがうまい。《くくく》って文字に三段腹のビジュアルイメージもあって。

東　《贅沢《ぜいたく》なお肉》という表現、よいものとしてとらえてるところがいいと思いました。もちろん皮肉も入りつつなんでしょうけど、《私のママン》はおおらかであると。神経症的な「ママン」が多い中で、豊かで《お気楽》な「ママン」っていう描写が好きでした。

職人の丹精こめたお饅頭　真の饅頭　真饅《ままん》と呼んで

穂村　東△（坂根みどり）

沢田　こんなのに一票ですか？

東　おかしかったから。《真饅》。

沢田　ということで一票でいいですね？　穂村さんはノーコメントね。

穂村　うん。こういうの選ぶと、歌人生命に関わってくるから（笑）。東さん、コワいものないね、子ども二人を産み育てたからね。

沢田　東さんも「ママン」ですからね。

東　いや、これ、題の処理がおしゃれですよ！

沢田　ギャグものでは、ぼく、これ好きでしたが。

よしみんな今日は気分がええさかいワシのおごりやママンとこいこ

穂村　東　（えやろすみす　32歳・司法浪人）

《ママンとこ》じゃなく、ほんとは「ママんとこ」だ！　というので笑った。「ツッコんでちょうだい！」って頼んでいるような歌でしたねえ。あと、こちらも笑える。

「ママンはね、ロマンスせんと死んじゃうの」脇で「すまん」と小岩のラマン

穂村　東　（井口一夫　42歳・歌人）

「ＡＮ」音を巧妙に使っています。

東　この歌もおかしいよ。

君の言う　ママンハ　ヤット　センニンニ　そっと心で仏と直し

穂村○　東　（小林花　41歳・グラフィック・デザイナー）

穂村　これは本物の「ママン」というか、発語してる人は外国人たぶんフランス人ですよね。それを日本語で表現しようとしていて、でも日本語が完全ではない。母親が死んだっていう

ことを言ってると思うんですけど、「《ママンハ　ヤット　センニンニ》なってしまった」と言っちゃった。それを聞き手は訂正したいんだけど、内容が内容だし、「それはホトケですよ」という訂正ができない。で自分の心の中で《仏》になったんだと直したって歌。

東　《ヤット》というのもヘン。普通は「トウトウ」（笑）。

沢田　ヘンなリアルさがある、《センニンニ》のあたり。確実に体験した話でしょう。

穂村　想像でこんなことが書けたら天才ですよね。こんなヘンなことを想像で書けたら（笑）。想像と現実の豊かさの差っていうのを考えさせられます。この歌は、なかなかよさを言語化するのが難しいんだけど、実はものすごい秀歌になりうると思います。短歌として最善の形にはなってないと思うんですが、でもこの死んだ「ママン」とこの外国人＝《君》、その私の関係性というものが非常にいいように思える。こういう角度はほかの歌には全然ない不思議なもので、ママン＝モンスターとはまったく違うものですね。

「私にも偏見なんてあったのね」「ママン！私が許してあげる」

穂村△　東　（長濱智子　27歳・食堂店員）

沢田　これはうまい。

穂村　うん。この上の句の唐突さも何か現実の背景がないと出てこないと思います。「ママン」のセリフとして《私にも偏見なんてあったのね》って。これは角度として、子どもに向かって言っている言葉じゃ全然ない。むしろ自問自答なんであって、そこに向かってわざわざ子どもが《私が許してあげる》っていう形で飛び込んでくる。そのとき「ママン」に対する「ママン」の位置に一瞬娘が行っちゃうヘンさがある。そこが同一視とか連鎖みたいなものの不思議をよく出しているし、さらに《私にも偏見なんてあったのね》っていう言葉は日本の母親の発語じゃないっていう感じもあって、なんか文化がちょっと違うなと。一般的な日本のお母さんって、自分に《偏見》があったことに驚くなんていう意識とはおよそ遠いものではないかと。

東　家父長制の中に閉じこめられていた日本の母って、《偏見》あって当たり前な感じがありましたもんね。

沢田　そのことを詠み手は知っていて、でも《私が許》すと言い出しちゃう、これまた《偏見》ある娘がいるところに連鎖感がある。したたかな構造だと思いました。基本はギャグですが。

穂村　なんとなくこれは母子家庭のように感じられる、父親がいないような。お母さんが働いている親子とかね。そんな匂いがする。

東　この会話だけでそこまで……。

穂村　もちろん全然わかんないけど、日本の母どっぷりでないみたいだから。

東　母をかばう子どもってせつないよね。ただ私は、《偏見》が出てきて《許してあげる》

と、問いと答えでまとまりすぎかなあって思ってしまったんだけど。

おまえはね寅年だから強いのよママンの暗示私の力

穂村　東△　（渡邉晴夫　51歳・ヘア&メイクアップ・アーティスト）

「ママン」って、「おまえは○○だからどうだこうだ」っていろんなことを指示したがるけど、これは《寅年だから強い》ってほとんど根拠のない主張。「ママン」ならではの不条理さっていうのが出てる。面白い方向に書いてるね。

沢田　ここにも「ママン」の偏見もの（笑）。子どもの頃言われたことが五十になった今も力となっている。『タイガーマスク』の「おまえはトラだトラになるんだ」ってセリフのホンモノ版ですね。「ママン」と息子ならではの歌。

歌ってよ僕が寝たふりできるよにララバイ月は遠いね、ママン

穂村△　東△　（井口一夫　41歳・歌人）

東　甘い歌ですけど、眠るまで《歌って》ではなく、《寝たふりできるよに》ってことなので、絶対眠れないんでしょうね。なんかつらいようなことがあって。「ママン」がどっかに行っちゃうような感じがしました。

沢田　よく思うんですけど、この《できるよに》の《よに》って書き方はいいんですか？

《ように》が普通ですが音数合わせのために《よに》とした。でも歌謡曲みたいな印象が否めない。

東　もう一般化されちゃってますよね。しないにしたことはないけど。

穂村　うん。この場合はこれでもいいように感じますね。

東　口語だと、自分のしゃべっている言葉に近い感じで書くから、こんな形はよくある。歌詞には多いですよね。「らぬき」も多いし。

沢田　東さんもあります。

日常は小さな郵便局のよう誰かわたしを呼んでいるよな　東直子

映画的な短歌、という罠。

裂くように夏が行きます。風の夜、ママンが残した「朗読者」読む。

穂村△　東○　（針谷圭角　53歳・飲食業）

東　今回いちばん好きだった歌ですが、なんといっても《裂くように夏が行きます。》ってぐっと来るフレーズだなと思いました。きっと悲劇的な何かがあった《夏》で、その季節の激しさを思わせる。

沢田　句読点が多いなあ。

東　そういうのをなくして普通に詠んでいいんじゃないかなって思いますけど。

沢田　「△《「朗読者」》が効いています。字の読めない年上の恋人。そして哀しい結末」(よしだ)。

東　『朗読者』って自分の母親くらいの年齢の人と恋に落ちる話だから、そういうのがカラんでるんだろうなと思うんだけど。上の句のぴりぴりした感じと静かに残されて《「朗読者」読む。》ということとの対比で深みのある歌になっていると思います。《裂く》という動詞の選択もうまいと思う。

穂村　そう。《裂くように夏が行きます。》が非常にいいんだよね。

東　なかなか出ない言葉。

穂村　出ないですね。言われると昔からある定番の表現のように見えるくらい力がある。「ママン」で、みんながわりとはまっている罠《わな》っていうのは、非常に映画的というのか、確かに魅力的な世界なんだけど、ただそういうのは何かの映画であったなということをそのまま言語化しちゃってるケースもありますよね。例えば、この歌、

桟橋に風渉る夏　航跡を追ひて「ママン！」と声は響けり

穂村　東　（堂郎　40歳・記者）

映画のワンシーンをそのまま言葉に置き換えたような感じがする。それに比べて、この《裂くように》はそれを超えた食い込みがあると思うし、《「朗読者」読む。》の重複感というのでしょうか、「読む者を読む」という、そういうところにも本当のテンションみたいなものが宿っているんですね。

東　心の痛々しさがある。

穂村　男の人の歌って感じがします。

ママンあの夜の雪のやうです海底《うなぞこ》に珊瑚が卵を降らせてゐます

穂村△　東○　（堂郎）

沢田　堂郎さんのこの歌、人気でした。「◎《珊瑚《さんご》》の《卵》って美しいですよね。《雪のやう》という表現は、ぴったりだと思いました。《あの夜》と限定することで、「ママン」との思い出深い夜であることがひしひしと伝わって」（よしだ）。「○「ママン」は恋と死の匂いに包まれて旅するママの化身ですね。胎児の視線となった少年の切ない思いが、不在の〈ママン〉を美しく浮かび上がらせるようです。うっとり！」（井口）

東　ママと胎児との恋みたいな、そんな感じ。
沢田　海底にはやっぱり《卵》があるのだ。
穂村　堂郎さんは短歌をとても知っていて、さっきの「栈橋」の歌なんかもそうだけど、本当にうまいです。ただ根本的な感情がもう一つ薄い気がするんです。
東　完成度の高い風景画っていうか。絵に描いたような。
穂村　詠《うた》うべき肝心のざらめなくして綿あめを作っているような感じというかな。
東　でもこの人の歌、言葉の響きと広がりがほんとに気持ちいいよね。もう一首も。

遡る時の回廊曲がるたびママンあなたは手招きをする

穂村　東△　（堂郎）

沢田　堂郎さんの「ママン」はロマンチックです。

神様のまめさやぱつんと鳴って　ママンはコロガル落ちてゆく

穂村△　東　（平田ぽん　33歳・歌手）

穂村　寺山の歌、思い出しますね。

そら豆の殻一せいに鳴る夕母につながるわれのソネット

寺山修司

これも母ものだし。平田さんのは、たぶん母親が死んだとか倒れたって歌かなって気がしたんですけど。そのタイミングが《神様のまめさやぱつんと鳴って》っていう表現になって、これが非常に面白い。

東　《ぱつん》は私も好き。

沢田　こちらの歌は、ずばり母の死。

「あの香り」放つ一輪一周忌　誰がママンを花に変えたの

穂村△　東△　（響一）

穂村　《香り》でお母さんの匂い、香水か何かはわからないけど、それを《花》の匂いにだぶらせているんでしょうね。《花に変えた》っていうのは、《まめさや》に近いですね。神様が《ママンを花に変え》てしまったって。

沢田　平田ぽんさんの歌の方が、文字通り《ぱつん》とはじけてます。

穂村　平田さんって面白いなあ。女性？

沢田　はい。歌手です。子どもや「ママン」たちに大人気の女性デュオ、ケロポンズ。

穂村　だいたい『猫又』では、名前と歌を見ていくと、男の人は悲しくうまい感じの人が多くて、女の人は奔放で幸福に書ける人が多いなと。平田さんも独特の角度で書ける、自由な言葉に対するアプローチに特徴ありますね。

東　歌作りがとても楽しそうで。次の歌もいいですよ。

フレームのない脳で歌を作ると……

波にゆれ風にもどされママンの手　忘れたいこと忘れてしまった

穂村△　東○　（平田ぽん　33歳・歌手）

穂村　こういうのが映像的には規定できない作り方なんだと思います。考えるとなんだかわからない表現。冒頭の《生きても死んでもいない海底《うみぞこ》》もそうだけど、これも《波にゆれ風にもどされママンの手》って……そう言われてもなあ（笑）。でも妙に何かが伝わってくる。全然具象じゃないんだけど、伝達力がすごくある。

沢田　抽象的な歌なのに、ひっかかりがありますね。

東　《忘れたいこと忘れてしまった》って普通じゃない言い方。普通は「忘れたくないこと忘れてしまった」、あるいは「忘れたいこと忘れられない」だよね。ちょっとしたひねりがあって、その辺がひっかかるんだろうなあ。順接のようでいて順接じゃない感じで。《ママンの手》も《波にゆれ》たり《風にもどされ》たり、二つもあってぶれるよね。「再生」って感じかな。自分が新しくなったたって。

穂村　これだともう魂の次元の出来事なのに、《手》って言われるから、そこだけ妙に具象になってしまって。そこに手触りが生まれるんですよね。例えばこれ「ママンの声」とかだったら、もっと完全に抽象化できるんだけど……。

（改作例）

波にゆれ風にもどされママンの声　忘れたいこと忘れてしまった

でも比べると《手》の方が断然いいですよね。

東　リアルなんです。《手》がふれることによって《忘れたいこと》を《忘れて》しまうって。

穂村　だいたいにおいて書ける人はそれで自分が書けていることがわかるし楽しいんだろうな。どこに価値の基準を置くかなんだけど、さっき言った「ざらめ感」っていうか本当にある感じを重視するっていう方向で行くと、この種の歌が非常にいい。

沢田　次の「ざらめ感」はいかがでしょうか？　本名陽子さん。ジブリ映画の声優さんの登場です。『耳をすませば』の主人公・雫ちゃん。

みずのなかてっぺんまでひたひた　すーんとするママンあたしはとかげ

穂村△　東　（本名陽子　声優）

穂村　これは平田さんなんかの感じと近いのかな。体感だけを書きに行ってるんです。言葉の面ではほぼめちゃくちゃなんですけど……《とかげ》にしても《みずのなか》にいないだろうとか。全体として《すーんとするママン》とか——さっき「ぎいと笑う」というのもありましたが——この辺で押さえに行ってるわけですね。《あたしはとかげ》って言うと、じゃ「ママン」も《とかげ》なのかとか。「ママン」は人間なんだけど《あたしはとかげ》なんだとか。もうちょっと言葉の処理がうまく行くといいんですが。

東　どういう状況なのかな？

穂村　状況は全然わからない（笑）。でもそれをわからせようという意図がほとんどないらしい。

沢田　よくこれ提出できるなあ、平気な顔で。

東　全部オノマトペみたいな書き方ですね。

穂村　その辺のバランスでどれくらい作れるかがわかる。たいていどっちかになっちゃうね。イメージや映像を書きに行く方に傾くか、体感で言葉がばらばらになって像的には結べなくなるか、っていうか。でも後者ができるのはほとんど女の人ばっかりで。東さんはそっちの達人ですね。『猫又』見てて、男でこういう感じができてる人はいないような気がする。

東　ターザン山本さんはそういう感じかもしれません。

沢田　最近忙しいらしくてなかなか投稿してくれないんですよ。浅草キッドと楽しい仕事してるらしい。関係ないけど、彼ステージではほんとに芸人を超えてすごいらしいんだって。簡単に裸になっちゃう。浅草キッドが言うには、コワいものなしで、ターザンさんすぐに舞台でブリーフ脱いじゃう。と——食事中の読者には申し訳ない話ですが——必ずウンコがついてるらしい（笑）。いつのステージでも「判で押したように」だそう！

穂村　ターザンさんの判子！　やっぱりそれくらいじゃないと、短歌において女性には太刀打ちできないってことがよくわかりますね（笑）。男の場合は意識がフレーム化されてますからね。フレームの中で初めて言葉が機能してゆく。

沢田　じゃ、女の人は最初からウンコがついているような状態であると。

穂村　うん。

東　あのねえ……。

穂村　男の場合は、そういう意識のフレームなしに直接外界に触れに行ったりすると、ショックが強すぎちゃうんでしょうね。耐えられない。女の人の方がそのショックに対して耐久力が強い。

東　でも、穂村さんの『手紙魔まみ』なんて体感で作っていった歌が多いですよね。

　ティーバッグ破れていたわ、きらきらと、みんながまみをおいてってしまう　穂村弘

　このシャツを着ているときはなぜだろういつでも向かい風の気がする　同

同　夢の中では、光ることと喋ることはおなじこと。お会いしましょう

穂村　だから、あれは女の人そのものを取り込んでるからじゃないかな。むしろ、だから超フレーム、とも言えます。女の人の心を押さえ込もうとしてるから。

東　取り込んだことがフレームなのか。

穂村　この《すーんとするママンあたしはとかげ》だって、ぼくが短歌化するならこうは書かない。もっとわかるように書くよね。この感じは生かしたままでさ。

ママンあれはぼくの鳥だねママンママンぼくの落とした砂じゃないよね

穂村○　東（東直子　38歳・歌人）

沢田　東さんのすごい歌。

穂村　これがさっきの話じゃないけど、フレームのない脳が作るとこうなるというやつで（笑）。フレームがあるとこういうふうには絶対に書けない。なんでここに《砂》が来るのかな？　すべてがまるで自明のこととして書かれているんだけれども。

沢田　《鳥》と《砂》の関係がわからず頭がくちゃくちゃします。

穂村　そうなんですね。で、わかんないからつまんないって片づけられればいいけど、どうも何か〝あるもの〟が伝わってきてしまうので……。

沢田　東さん、説明してくださいよ。
東　え、私が？
穂村　ぼくにこれを説明させるのなら、五千円ください。
東　ほらなんかこう、あれってなんだっけ？　って思うことあるじゃないですか。で、確認する……。
沢田　えーっと、何を言ってるのかな？
穂村　もうちょっと解説してよ。他人の歌だと思って。
東　海辺で「ママン」と《ぼく》は遊んでて、《ぼくの鳥》っていうのは、たぶん飼ってた《鳥》がどこかへ逃げていって、ずっと《ぼく》はこの《鳥》を探していて、なんかこう向こうの方に何かが見えて、《あれは鳥》だよねって確認を求めている……歌ですね。
沢田　東さんの「なんかこう」のあたりは既に長嶋茂雄級ですね。
穂村　なんで《砂》になるの？
東　だって、海で遊んでいたら《砂》が落ちてくるから。
穂村　《鳥》と《砂》は距離感も形態も似ていないから間違いようがないじゃん。
東　でもなんかそれは、《鳥》だったらうれしいじゃない。でも「《鳥》だよね《鳥》だよね」って。とうとう会えたんだって思うけど、自分の体から抜け落ちた幻だったかもしれないなとも思ったと。

穂村　《鳥》は遠くに見えてるんだ？
東　うん、遠くに。でもいつか《ぼく》があっちの方で《落とした砂》かもしれないって。
沢田　《鳥》は飛んでるの？　地面にいるの？
東　《鳥》はなんか……ぱあって……。
穂村・沢田　（爆笑）
東　ぱあって飛んでいったのかなあ。
沢田　《砂》は飛んでいくの？
東　《砂》はさっき《落とした》。もう《砂》は空気に混じっていつも飛んでるの。
沢田　あ、飛んでるんだ。
東　いつも飛んでるの。なんか自分の体から抜け落ちて。《砂》なのか《鳥》なのかわからなくなっちゃったって。
穂村・沢田　……すごい。
穂村　前々回の《ヘレン・ケラー》とか《アラン・ドロン》とかは十分な秀歌なんだけど、やっぱり比較するとこっちの歌の方がすごいんですよねえ。前の歌は歌人であれば作れると思うけど、こっちのはなあ……なんで《砂》かねえ……間違えるかねえ……。
沢田　伏せ字にしても絶対当てられないですね。
東　だって子どもってヘンなものをさ、間違えたりする。

穂村　このパターンって、東さんのこれを思い出すね。

　あれは鳥？　あれは布です北風に白いボタンをきつくとどめて　　同

沢田　《布》の方がまだ、理にかなってますね。

穂村　だいたい、水原紫苑さん、加藤治郎さんとかもそういう傾向あるけど、ものの認知がちょっとおかしい。いわゆる未開とされてきた人たちがそうですよね。呪術《じゅじゅつ》的な思考っていうのか、ものに命があるっていう感覚が強くて。紫苑さんはなんでもすぐに生き物だって思っちゃうから、ああそのまま書いてるんだなこいつって（笑）。まあぼくたちもあるよね、生き物じゃないものを生き物と見間違えたときのどっきり感ってあるじゃない。何度も確認して確かに生き物じゃない、よかったっていう。

沢田　スーパーの袋を猫と間違えるとか、クルマを運転してるとしょっちゅうですね。手袋とかスニーカーとかコワい。

穂村　そう。でもそれはまあまともですよね。そういうのが極端に強くなっちゃうと、紫苑さんなんて典型で、畳のへりが起《た》ち上がって讃美歌《さんびか》を歌うっていう短歌を見て、わ、これは危ないぞと（笑）。

　畳のへりがみな起ち上がり讃美歌を高らかにうたふ窓きよき日よ　　水原紫苑

わかるんですよ、でも無根拠じゃないことが。この《鳥》と《砂》も無根拠じゃないんですよね。だからいい歌なんで、ただのでたらめだったらやっぱり面白くないんですよ。

沢田　とにかくこれ、口ずさみたくなるような、とてもリズムが気持ちいい歌。内容の異様さに対してリズムが至極自然で。

穂村　そうなんですね。自然にすっすっと進んでいるんです。言葉の配列が自然に決まる。勝手に《ぼく》ってなったりして。こういうふうにぴたっと決まらないとだめなんですよ。さっきの《すーんとするママン》はそこがまだぐらついている。あれはあれで愉快だし、自由な気持ちになれるからいいんだけど、脳の中で完結してるなって。ただ歌のできはともかく、《砂》と《とかげ》は同じなんだよね、ほとんど。プロとアマの差があって、どれだけ自然にすっと言葉が収まるかだけの違い。

東　私は未開か……。

穂村　文明人が遠い国に行って、通訳を通して現地の人と会話してるときに、通訳が「あれはオレの砂か、それとも鳥か」と聞いています、とか（笑）。ありそうでしょ。ブッシュマンみたいな人が真顔でつぶやいてるの。それは翻訳の間違いかと思うと、別にそうじゃなくってやっぱりそうとしか翻訳できない（笑）。

東　だから、ただの《砂》じゃなくって、《ぼくの落とした砂》っていうのがポイントなんですよ。ほらよくあるじゃない。例えば昔話で、ものぐさな老夫婦が垢《あか》で人形を作ったら子どもになった「あかたろう」の話とか。自分の体から落ちたものって、命を持つことがあるかもしれない。

沢田　やっぱり呪術なんだ！

くりひろいを折り句で

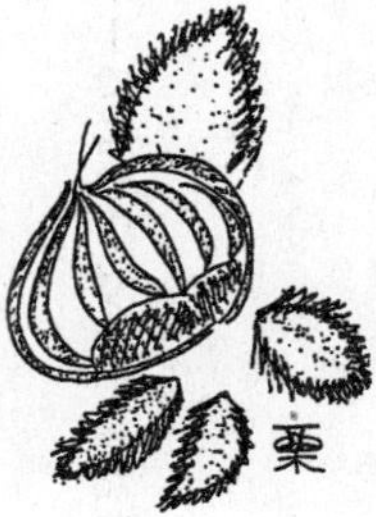

栗

イラスト・川原亜矢子（女優）

いわゆる「折り句」です。広辞苑によれば、《短歌・俳句などの各句の上に物名などを一字ずつ置いたもの。「かきつばた」を「から衣きつつなれにしつましあればはるばるきぬるたびをしぞおもふ」(伊勢物語)、「ゆたか」を「夕立や田をみめぐりの神ならば」(其角)とする類》とあります。

短歌というより、五七五七七の形を借りた言葉遊びというべきかもしれませんが、これけっこう楽しい。『猫又』では鶯まなみさんにもらった「くりひろい」という言葉で挑戦しました。

イラストは女優の川原亜矢子さん。原画はB5用紙にカラーでどかーんと。大きな栗が届きました。

穂村&東の選【くりひろいを折り句で】32首

○○　黒い靴リビドーのままに光らせてロバート・デニーロ一番風呂へ　宇田川幸洋

△○　草に寝て両性具有と昼下がりロンドンのようないらいらの恋　沢田康彦

△○　唇に林檎の汗を光らせてろくろっ首を抱く夫よ　本下いづみ

△△　首筋に理不尽な接吻《キス》ひっそりと路線バスにて家路につく夜　同

△△　苦心した立派な歌を披露した労苦またもや一票もなし　渡邉晴夫

△△　国離れリックさんはひとりぼっちロンドンロンドン愛しいロンドン　今川魚介

△△くちずさむリズムはずれて日溜まりでロックンロールな一杯機嫌　宮崎美保子
△△熊本に陸路で行ったひとりきり路面電車で行く友の家　大塚芽生
△△苦労したリング思えば必勝のロード歩くぞ一途な願い　長与千種
△△クソミソにリングで言われヒールとはロックのリズム怒りの鼓動　尾崎魔弓
△△くるくるとりんごむきをりひめやかに六根清浄いざなきいざなみ　大塚ひかり
△暗い春りんごの花のひらく夜にロシア語版の「イマジン」を聴く　宇田川幸洋
△苦し気に理系の君が非科学なロマンスひとつ言い放つ時　長濱智子
△くらげなら理性も何もひろいうみろまんすだけにいのちをかけて　たまなはよしの
△空を切る流星たちの秘密なら牢屋の中のイスラム人に訊け　よしだかよ
△くるくるとりんごのかわをひろげつつ牢屋の鍵をいつかいただく　平田ぽん
△熊にあいりんごを投げてひきつり笑いロシアに住んでるイケてる詩人　同
△くれないの琉球絣ひらひらと陋巷を行く隠者がひとり　佐々木眞
△空想の臨時列車がひび割れて廊下に淡く居留守している　東直子
△くまさんがりすと一緒に陽だまりでロープで縛っていかがわしいね　永島千佳世
△くそカリングの上でひたすらにロープに振って急いでキック　同
△靴擦れがリンパに触れてひどくなりろくに食べれぬイカの塩辛　広田さくら
△クスクスと理科の実験人妻と六月の午後居留守をつかって　本下いづみ

△暗がりのリンボーダンスひたすらにロケンローラー意識遠のく　同
△熊みたいなリズム音痴と冷やかされ路上でひとり「命」する刑　井口一夫
△くい散らし理性ばなくした肥満児がロイヤルホストでいままたくわむ　今川魚介
△くるくるぱーは、リカの合図だ。「ヒロシ君、6時に待ってる。いつもの場所で。」　よしだかよ
△くじらぐも陸橋のうえひとつふたつロンドンだって行ける気がする　平田ぽん
△車座でリヤカーの陰ビール飲む　労働したのは一時間きり　柳沢治之
△口紅をリップブラシでひいた時露骨なまでのイヤミな女　KAORU
△苦しいがリングで休む暇はなくロープワークでいつもフラフラ　加藤園子
△公文式理科と社会ひっしこき廊下に立っていつも反省　シュガー佐藤

沢田　「折り句」。こういうのはよくやることなんでしょうか？

穂村　あんまりやらないですねえ。一種のゲームですね。

東　ごくまれにこんなものもやってみようかな、って遊びごころでやったことはありましたが。

沢田　『笑点』の大喜利みたいなものでしょうか。

東　でもとっても面白かったですよ。

沢田　突然、女子プロレスの長与千種《ながよちぐさ》さん以下ガイア・ジャパンの面々も殴り込んできて、全八十八首のお祭り騒ぎとなりました。だから今回はいつもと趣向を変えて、◎○△にあまりとらわれず、できるだけたくさんずらずらと陳列していきましょう。いずれにしても◎はありませんが。

東　選が難しかったですね。

沢田　そもそも、どう評価するのかって問題がありますからね。でき上がった歌が短歌として評価できるかどうかというものと、「くりひろい」というお題をいかにうまく自然に使ってできたかというものと、二つのまったく別の観点がある。

穂村　例えばこの歌が普通の短歌だったら、絶対に点はつかないでしょうね。

苦心した立派な歌を披露した労苦またもや一票もなし

穂村△　東△　（渡邉晴夫　52歳・ヘア&メイクアップ・アーティスト）

「くりひろい」だから、△がつく。場の強制力があって、それを完全には無視できないんです。ぼくはかなり無視しちゃう方なんですけど。でもこの歌の背後には歴史があります。この人は『猫又』に短歌を出し続けたという。

沢田　会うたびに毎回千円のカンパをくれる奇特な人。

穂村　でも《またもや一票もなし》と（笑）。それに同情するって意味じゃなくて、それを

「くりひろい」のお題でわざわざ言ってくるおかしさを無視できないんですね。

東　自分の切実な嘆きを折り句にはめこんで詠《うた》うというのがいい。

沢田　『猫又』でも票を集めました。「○《立派な歌を披露した》が、ぽこぽこした表現でなんとも味わい深い」(本下)。「△共に頑張りましょう！」(長濱)。「△ああ、そんなん言わんといて、入れるから。と言わせる力があります」(坂根)。

穂村　短歌はどうしてもそういう磁場みたいなものの影響を受けて、この場合もそれが生きている。今回特に△でとってる歌はそういうものが多いですね。

沢田　同人達の一番人気は宇田川さんの歌二首でした。

暗い春りんごの花のひらく夜にロシア語版の「イマジン」を聴く

穂村△　東　（宇田川幸洋　52歳・映画評論家）

「○ちょっぴり苦しまぎれな言葉選びが、かえって不思議な力を持って耳にひっかかってきます」(中村)。

穂村　そう、その通りですね。ぼくなりの硬い言い方で言えば、自己の外部との接触による詩の獲得っていうことですが、つまり自分の内部というのは、自分の体験とかイメージとか書きたいこととか、そういう範囲ですよね。そういうものだけで好きに書いてそれがいちばんいい歌になるかというと不思議なことに全然そうじゃない。ここで〝外部〟にあたるのは強制的なルールのことで、「くりひろい」は、別に自分がそうして詠みたいってわけでもなんでもないのに無理やりやらされるもの。もともと五七五七七だけでも強制的である上、さらにその変態的なゲームを強制されるっていうことなんですよね。強制されて、じゃつまらなくなるかっていうと、意外にそれが面白いものを引き出してくる。詩を獲得しうる契機になるんです。この歌の場合だと《ロシア語版》。これ「ろ」だからって理由でここにこんな苦しいものを持ってきたんだろうけど、《暗い春りんごの花のひらく夜に》と不思議に響いている。《ロシア語版の「イマジン」》っていう飛躍した表現が、うまくはまって詩になっている例だと思うんですね。で、その最良の結果が、今回この人のもう一つの歌にあります。

黒い靴リビドーのままに光らせてロバート・デニーロ一番風呂へ

穂村○　東○　（宇田川幸洋）

見た瞬間に力があるとわかる。めちゃくちゃな配列に見えるし、「くりひろい」の強制力がなければ絶対にこんな《リビドー》だとか《ロバート・デニーロ一番風呂《ぶろ》へ》なんていうバカなもって行き方はしないはずなんだけど、でも結果的に非常に面白い詩になってますよね。やっぱり同人のみんなもそう思うんだなって。それがまた面白かったんですけど。

沢田　「○すべての要素が唐突なようでいて、妙にしっくり合っている不思議」（那波）。「◎しりとりもお強いとお見受けしました」（針谷）。

東　しりとりもお強い……面白いほめ方ですね。

沢田　要するに語彙《ごい》が豊富ってことですよね（笑）。

東　人物を描写するのにまず不気味に光っている《靴》から描いているところがうまいと思いました。映画などで、顔は見せずに、その人物を象徴する部分のクローズアップから入る手法と同じですよね。謎を投げかけて読者を惹《ひ》きつけている。で、思いもよらないラストが待っている。

沢田　宇田川さん、他の作品もいいですよ。

九段にて梨園の友と美人狩りロゴスの濁り淫靡なるかな
穂村　東　（宇田川幸洋）

草を切る陸送の旅昼高く路面くもらすイカロスの影
穂村　東　（宇田川幸洋）

折り句という強制力。

穂村　いつどこで誰が何をした、ってゲームがあるでしょ。バラバラに紙に書いてそれをシャッフルして並べる。折り句の歌はほとんどあれみたいで、偶然のものを五句並べてできたみたいなことがある。でも一人の人間が自分の内部で詩を作ろうとすると、その切り替えができないわけですよ。サッカーなんかでも見てると、解説者はみんな「逆サイドに誰それがいますけどねえ」って必ず言うけど、実際にはそっちにクロスを上げられるのはものすごく才能のある人だけで、どうしても自分の視野の範囲でボールを処理しようとする。で、いいところまで行っても点が入らない。詩でもやっぱり同じことがあって、逆サイドに大きく蹴《け》り出せば面白い結果が出るって頭でわかっていても、どうしても目に見える視野の範囲で言葉を処理しようとして、結局人間の能力って大差ないから想像を超えたものはできない。でも強制的に蹴り出すことを要求されると、《ロバート・デニーロ》のサイドから《一番風呂》のサイドまで大きく蹴って、この歌はそのあとヘディングシュートでゴールに入ったっていう気持ちよさ面白さがあるわけですね。題詠なんかにはそういう効果があるけれども、折り句はさらに強い強制力を持つんで、面白くなる。

沢田　今回の本下いづみさんの歌は、そういった強制力をなぎ倒したの感があります。

クスクスと理科の実験人妻と六月の午後居留守をつかって
穂村　東△　（本下いづみ　42歳・絵本作家）

首筋に理不尽な接吻《キス》ひっそりと路線バスにて家路につく夜
穂村△　東△　（本下いづみ）

穂村 《理不尽》《路線バス》のあたりに、自然な中にもやや無理をさせられた感じがあって逆にいい結果を生んでいるんじゃないかと。

東 現実感と、現実をはずした感じとのオーバーラップが見事ですね。《路線バス》で帰るっていうのが味わい深くていい。わりと近所の人との出来事なんでしょう。

穂村 ヘンに生々しいなあ。

沢田 「◎刻まれた《接吻》に主導権を奪われた心が、《路線バス》の生活臭にゆられている」（響一）。「○舞台は北国であってほしいと思いました。そして口が隠れるほどマフラーを巻いていてほしい。続きがありそうですね」（長濱）。みんなリアルさに反応してますね。

唇に林檎の汗を光らせてろくろっ首を抱く夫よ

穂村△　東○　（本下いづみ）

穂村 この《汗》は強制された「くりひろい」の言葉じゃないから、本人の手柄なんですよね。「林檎の汁」とか「蜜《みつ》」とかでもいいけど、《汗》にして。なんか気持ちが悪い。自分も浮気をしてるくせに、《夫》をモンスターの仲間にしてる（笑）。それとも自分が《ろくろっ首》なのかな。

東 これ、体はここで《夫》に《抱》かれているけど、《ろくろっ首》みたいに別の方向を見ているって歌じゃないのかな。心が別にあるような。

沢田　これも《ろくろっ首を抱く》のは、別に《夫》じゃなくてもいいのに。

暗がりのリンボーダンスひたすらにロケンローラー意識遠のく

穂村　東△（本下いづみ）

くたばりて両目閉じればひそひそと老人たちの戒めの声

穂村　東　（本下いづみ）

これら五首、見事な統一感があって、ほとんどすべて「主婦のいけない世界」に向かっているところがすごい。

穂村　ほんとにストーリーになってるんですね。自分が浮気をして帰ってくると、《夫》は《ろくろっ首を抱》いている。

東　それを外部の人間である《老人たち》が《戒め》る、というオチですね。

沢田　「く」のところで《くたばりて》はすごいですね。

東　前に穂村さんが言ってた棋図かずおの漫画で「近所の人達がうわさしているわ」に近いよね。

穂村　ああ、あれね。『わたしは真吾』を読んでたら突然、「近所の人達がうわさしているわ、愛に飢えたいやらしい子どもだと」っていうセリフが出てきてびっくりした。そんなこと近所のおばさんは絶対に言わないぞ、近所の人、みんな詩人ばっかり住んでるのかいって

（笑）。さすが棋図さんだなって感動しました。

沢田　近所がみんな詩人だったら面白いですね。回覧板とかも楽しみです。

穂村　いやしかし、これだけ作れるなら、「くりひろい」だけで本下さん、一冊歌集ができちゃいますね。

沢田　いつもの『猫又』より、みんなもっと言葉が豊富に広がって、それぞれの同人の語彙を増やしているのが主宰としては頼もしい限り。

東　「り」とか「ろ」とか、意識しないとふだんは使わない言葉が入っているというのもあるでしょうね。

沢田　全体でいちばん多かったのは「り」＝「りんご」かな。

くるくるとりんごむきをりひめやかに六根清浄いざなきいざなみ

穂村△　東△　（大塚ひかり　41歳・古典エッセイスト）

穂村　本来ならここまで飛躍する作風の人じゃないように思うんですけど、やはり逆サイドに蹴り出していい結果になりました。カテゴリーを飛ばすって意外に難しいんです。途中まで日常の描写で進んでいって、急にそこから心の次元や音の次元に飛ぶとかってこと。それができる人は最初っからできちゃうし、律儀な人はできない。

沢田　この歌は明らかに言葉のカテゴリーが後半で激変しています。

穂村　変えざるをえなくなった。《くるくるとりんごむきをりひめやかに》で、そのまま、日常の状況のまま行ければ行ったんじゃないかと思うんですけど、下の句で「ろ」「い」にしろって言われたから《六根清浄いざなきいざなみ》と、違う次元に入り込んじゃってる。それが飛び出す絵本みたいな感じで、途中までは平面だったのに急に立体感を持った。だから意味性は解体されちゃってるけど、現実には《りんご》をむいてるとき、心の中では違う次元に意識が行ってることはあるわけで、それを言語的に再現できていると思うんです。

東　ひらがなにしてるところが、《りんご》の皮の《くるくる》感をかもしだしてる気がします。

穂村　なんか呪文《じゅもん》的でもある。

くるくるとりんごのかわをひろげつつ牢屋の鍵をいつかいただく

穂村△　東　（平田ぽん　34歳・歌手）

沢田　《牢屋《ろうや》》って来るとお話が生まれるのかな。世界の児童文学といった雰囲気で。こういうのもありましたよ。

空を切る流星たちの秘密なら牢屋の中のイスラム人に訊け

穂村△　東　（よしだかよ　31歳・らいぶらりあん）

穂村　いずれも一つのストーリーみたいなものをうまく作っている感じがします。最後にストーリーがあるように感じさせるっていうのかな。それをうまく「くりひろい」で処理している。こういうのはどの辺から作り始めるかわからないんだけど、どこか最初に固まったところから、強制されてこういう面白い世界になっていくんだと思いますね。この二首ではどっちかというと、平田さんの方がいいかな。《ひろげつつ》って言い方とか。さっきのパターン。《くるくるとりんご》ってところから違う方に想念が行っているっていう歌です。《いつかいただく》という言い方も面白い。

熊にあいりんごを投げてひきつり笑いロシアに住んでるイケてる詩人

穂村△　東　（平田ぽん　34歳・歌手）

東　《ひきつり笑い》がいいですね。

穂村　うん。全然《イケて》ないじゃない。むしろイっちゃってる《詩人》ですよね（笑）。この《ひきつり笑い》は絶対無理させなきゃ出ない言葉です。でもこれで生きてるんですよね。なんか《詩人》のリアリティがここで生まれてる。

沢田　無印ですが、あと「りんご」もの四首、紹介しときましょう。

くるくるとリンゴの皮むきひとつなぎろくろのリズムでいい感じ

穂村　東　（今井雅子　33歳・脚本家）

黒髪とリンゴのほおに光りゆれローソク灯る伊太利亜の夜

穂村　東　（藤原啓介　40代・会社員）

苦しいわ林檎の毒は姫のなかロンリーという名のいけない秘薬

穂村　東　（宮崎美保子　52歳・アクセサリー・デザイナー）

来る冬のりんごのほっぺにひと目惚れローマ字で書くイニシャルきみの

穂村　東　（スティールあきかん）

「り」と「ろ」が外来語を呼んだ。

さて、次のはお二人が△です。

国離れリックさんはひとりぼっちロンドンロンドン愛しいロンドン

穂村△　東△　（今川魚介　32歳・編集者）

下の句は昔のキャバレーのCMからの拝借ですね。

穂村　その辺のバカバカしさ、リズム感が面白い。

東　そのリズムの調子よさの中に組み込まれて、永遠に《愛《いと》しいロンドン》に行くことは不可能なような、絶望的な孤独を感じさせて、ブラックコメディっぽい味がありますね。

沢田　「△一見適当なようで、なんともいえないホームシック感に一票です。心配だなー《リックさん》」（中村）。《リックさん》、誰やねん、って感じですが。こちらも人名もの。

くるくるぱーは、リカの合図だ。「ヒロシ君、6時に待ってる。いつもの場所で。」

穂村　東△（よしだかよ　31歳・らいぶらりあん）

東　《くるくるぱー》っていうのは、普通、誰かをからかうときに使うサインだけど、それがデートの《合図》になるっていうのがかわいいです。

沢田　でも折り句に適当な固有名前を持ってきたらずるいなあ。

東　穂村さんへの挨拶歌《あいさつか》？

沢田　もう一首、「ロンドン」です。

くじらぐも陸橋のうえひとつふたつロンドンだって行ける気がする

穂村　東△（平田ぽん　34歳・歌手）

東　唐突さという点で《ロンドン》っていう選びが面白かった。なんとなく昔のあこがれの地って感じがあるので、唐突な反面、説得力もある。そういえばこんな歌があったよね。

かきやりしひとこそ知らね黒髪は春の倫敦塔を巻きつつ　水原紫苑

沢田　気持ちの悪い歌ですねえ。

穂村　「黒髪の乱れも知らずうち臥《ふ》せばまづかきやりし人ぞ恋しき」（和泉式部）の本歌取りかな。《倫敦塔《ロンドンとう》》は夏目漱石でしょうか。

苦し気に理系の君が非科学なロマンスひとつ言い放つ時

穂村△　東　（長濱智子　28歳・食堂店員）

沢田　「くりひろい」の「り」や「ろ」は、外来語、アルファベットを呼びやすい言葉なんでしょうね。この「ロマンス」とか。

穂村　《非科学なロマンスひとつ》がよかったですね。

沢田　「何々する《時》」という終わらせ方が内容と実にマッチしていると思います。余韻を持たせて終わらせた。「◎こういう《時》の人って、魅力的に感じますね。折り句のための語呂《ごろ》合わせなのにもかかわらず、リズムの自然さにうっとりです。そして《ロマンス》という言葉がとっても素敵」（中村）。もう一首、「ロマンス」。

くらげなら理性も何もひろいうみろまんすだけにいのちをかけて

穂村△　東　（たまなはよしの）

穂村　これも折り句の強制から《くらげ》が《ろまんす》に向かわざるをえなかったと思うんだけど、結果的に面白い感じになった歌。

沢田　ひらがな使いが《くらげ》していていいですね。

東　頼りなげなぷるぷる感。

沢田　「◎《くらげ》の《理性》に負けた！《くらげ》はいいなあ。と嬉《うれ》しくなりました」（宮崎）。

熊みたいなリズム音痴と冷やかされ路上でひとり「命」する刑

穂村　東△　（井口一夫　43歳・歌人）

東　上の句が面白い。絵が浮かびます。「命」って『がきデカ』でしたっけ？

沢田　違いますよ。それは「死刑！」。これはお笑いのTIMでしょう。

東　あ、そうか（笑）。でもまあそういうギャグの詳細がわからなくても、普遍的に面白い表現になってると思うので△。

くい散らし理性ばなくした肥満児がロイヤルホストでいまたくわむ

穂村　東△（今川魚介　32歳・編集者）

穂村　これ、なぜ「理性なくした」でいいところをわざわざ《ば》を入れて字余りにしたんだろう？　そうまでしてなぜ方言にしたいんだろう？（笑）

東　気になるので印象強いですよね。《ロイヤルホストでいまたくわむ》。文語旧かなの大仰な感じも目立ちます。九州の《ロイヤルホスト》なんだよね（笑）。

穂村　そういえば、九州は《ロイヤルホスト》の発祥の地だって聞いたことがあるような。

沢田　「△《肥満児》が主人公の短歌とは、すばらしい！」（本下）。

穂村　うん。肥満児短歌って世界、新しいですね（笑）。

東　肥満児の男の子が七夕の短冊に書いてた「やせますように」はちょっとせつなかった。

くちずさむリズムはずれて日溜まりでロックンロールな一杯機嫌

穂村△　東△（宮崎美保子　53歳・アクセサリー・デザイナー）

沢田　苦しいところが楽しい歌。

穂村　《日溜《ひだ》まり》と《ロックンロール》と《一杯機嫌》は微妙にずれた言葉で、どれもイメージとしてはつながらない。その全体が《くちずさむリズムはずれて》の、《はずれて》

いるってことで統合されているような。

東 上の句からだんだんにたがが《はずれて》一気に下の句に向かって楽しく書けてるなあ、と思いました。歌に勢いがあるところが魅力です。

車座でリヤカーの陰ビール飲む　労働したのは一時間きり

穂村　東△　（柳沢治之　45歳・歯科医）

沢田 「△男の人達ってよくこんな感じですよね。うらやましい」（坂根）。これ、本当に自分を見るようです。キャンプや草むしりやボランティア活動なんかに行くとだいたい私、こんな感じですねえ。すぐにさぼってしまう。

東 とても自然に意味が通っている歌。

くれないの琉球絣ひらひらと陋巷を行く隠者がひとり

穂村△　東　（佐々木眞　58歳・ライター）

穂村 初めに指摘されたように、折り句には二つパターンがあって、一つは言葉が思わぬ方に飛ばされて面白いっていうパターンと、もう一つは「くりひろい」という無理な題を与えられながら一個の統一的な世界を作れているから良い、というゲーム性での評価がありますよね。これはまさに後者の方で、「くりひろい」を全然感じさせないほど一つの世界を作っ

あれに……んです。だけど短歌として見るにはまとまりすぎ
……詠われたのかはわからない。「くりひろい」という前提が
……える。《陋巷》《ろうこう》《隠者》っていうふうにまとめているっていうのは本
当に技ありですよね。次のもうまい。

黒髪のりんどう娘秘めやかに路銀数えぬ一夜の宿に

穂村　東　（佐々木眞）

違和感なく世界ができちゃってます。《デニーロ一番風呂》のような無茶が全然ないけれど、よくそういう破綻《はたん》のないまま作れたなって。

東　作品として見ると動きはないんです。でもうまい。《路銀》とか《陋巷》とか、しぶい言葉出してきますね。

沢田　次のは△二つ。

熊本に陸路で行ったひとりきり路面電車で行く友の家

穂村△　東△　（大塚芽生　20代・学生）

東　《ひとりきり》でずーっと九州に向けて地を這《は》ってゆく感じが貫かれているところに惹《ひ》かれました。わざわざ《陸路で》って書くことで、時間もかかっただろうなあと思わせて、

現実の遠さも感じさせている。

穂村　熊本には《陸路で》実際行けるということと、《陸路》から《路面電車》に乗り継いでいくっていうイメージに惹かれますね。

東　《熊本》かぁ……いい場所選んだよね。「福岡」とかだったらちょっとなあ。

沢田　東さん、福岡は「ふ」だから、いずれにしてもダメですよ（笑）。

穂村　ふりひろい、になっちゃう（笑）。

東　あっ、この歌、「くりひろい」忘れさせちゃうよねえ。

穂村　君が言うと、本当に忘れちゃう感じが伝わってくる。ああそうなんだろうなあって（笑）。

東　ひどいなあ。

沢田　東さん、こういう歌がありますね。

春がすみ　シュークリームを抱えゆく駅から遠いともだちの家　　東直子

東　《シュークリーム》がミソなのよ。

沢田　さて、その東さんの「くりひろい」ですが、穂村さん、厳しく△です。

空想の臨時列車がひび割れて廊下に淡く居留守している

穂村△　東　（東直子　39歳・歌人）

穂村　いつもよりよくないですね（笑）。イメージが詰め込まれすぎてて読み手側の受容のレベルをちょっと超えちゃってる。《空想の臨時列車がひび割れて》ってところでほぼ飽和点に達しているんだけど、そこに加えて《廊下に淡く居留守している》っていうのは難しいなあ。言葉が飛躍するときの、壁が低すぎるんだよね。一個一個出てくる言葉の意味がとりにくいまま先に進みすぎたって感じがあって。《淡く》というのは東さんの歌で頻出する言葉で、そういうカテゴリーの壁を溶かす働きがあるんですが、それにしてもなあ。

東　事故かなにかがあって、無念の魂が《列車》ごと浮かんでいるってイメージなんだけど。《列車》は《ひび割れ》た車体で今も発車するときを待ち続けているという……。

穂村　だとすると、「廊下」がおかしい。

東　それがそのあとに学校かなんかが建っちゃった。

穂村　うーん……そしたらその間が四百字くらい飛んでるのでは？（笑）

沢田　次の歌、ぼく好きですが。穂村さん、無印。

暮らさない？理想に燃えて陽を浴びて論陣組んで　今さらだけど

穂村　東（東直子）

穂村　《論陣》を《組》む、っていうかな？

東　団塊の世代の人たちが、若いときにいろいろ論争とかして、ずっと友達というか、結婚もしないでだらだらとした関係でいたんだけど……もう一緒に暮らそうよと。

穂村　うーん、悪い歌じゃないけど、どうもついていききれないものを感じる。

沢田　フォークソングのような匂いがありますね。『学生街の喫茶店』のような。

草に寝て両性具有と昼下がりロンドのようないらいらの恋

穂村△　東○　（沢田康彦　45歳・編集者）

東　意外な展開が面白かったです。ぐるぐる回っていつまでも終わりのない終わり方が。言葉がいろんなところに転がっていって、それでどうも意味がつながらないんだけど、結局うまく《いらいら》させる感じをただよわせて。

穂村　こういうのは、ぶれていく言葉をどう回収するかというルートもなければいけないんですね。東さんの「臨時列車」だと《空想》と《淡く》っていうところで押さえようとして押さえきれてない感じがしちゃうんだけど、この歌の場合は、前半ぶれていきながら後半

《ロンドのようないらいらの恋》で、そこまでのぶれていった要素を全体的にまとめるような働きを含んでるんですよね。着地が決まっていて、いいと思います。

女子プロレスラー達の「くりひろい」。

沢田　さあ、さて！　特別参加、女子プロレスラー軍団の「くりひろい」です。

穂村　プロレスラーはちゃんと「り」は「リング」っていうのがおかしい。

沢田　「ろ」は「ロープ」のロ。「く」は「苦しい」「悔しい」の「く」。

穂村　そりゃそうだよなって思うけど、普通の人はそうじゃない。まず、「り」は「りんご」なんだもんね。

沢田　何よりエネルギーに度肝を抜かれましたよ。

東　しかもものすごく自然なんです。

沢田　これ一個一個が短歌、うまいかヘタかは別にして、五七五七七で成立している。

穂村　キャラクターがもろに出てます。

沢田　そう、キャラ知ってたらもっと楽しめるんですよ。長与さんなんて、そのままだもん。

苦労したリング思えば必勝のロード歩くぞ一途な願い

穂村△　東△　（長与千種　37歳・プロレスラー）

見事！　同人も激賞です。「◎思いがあまりにも真っ直ぐにとどきました」（坂根）。「○ぜったいに長与千種さんしか作れない歌。何をやっても金太郎飴《あめ》みたいに長与千種の風格、そこがあっぱれ」（那波）。「○『巨人の星』の主題歌のような、この歌の力強さは、短歌とは遠く離れた世界だと思うので、とてもすがすがしく嬉《うれ》しい」（本下）。

東　実は「くりひろい」になってるなんて聞いたら、知らない人はみんな驚くでしょうね。

沢田　尾崎魔弓さんもそのまま。

クソミソにリングで言われヒールとはロックのリズム怒りの鼓動

穂村△　東△　（尾崎魔弓　33歳・プロレスラー）

穂村　《リング》上での個性が入れ替わらないで、ちゃんと本人のキャラが出るんだなあ。彼女の場合、「ひ」は《ヒール》なんですね。

沢田　彼女とタッグを組んでいるKAORUさんもそうですよ。

口紅をリップブラシでひいた時露骨なまでのイヤミな女

穂村　東△（KAORU　32歳・プロレスラー）

女子プロレス見ない人はKAORUさんを知らないかもしれませんが、一目見たらこの歌のすごさがわかると思う。まさにこの歌のようなキャラなんですよ！「△くりひろいしつつも自然な流れで詠まれている所がてごわい！　素直な内容が、素直に良いです」（中村）。

東　隠したりひねったりすることなく全部出してる感じがいいなあ。みんな出し惜しみのない人たちって感じで迫力ありますよねえ。

苦しいがリングで休む暇はなくロープワークでいつもフラフラ

穂村　東△（加藤園子　25歳・プロレスラー）

これもまるで普通の文章のようです（笑）。《苦しいがリングで休む暇はなく》ってほんとそのまんまなんだもん。全然折り句の匂いがしない。実体験歌。ふだんはこちらから見てるだけで、ただキックしてるなあとか思うだけだけど、たいへんさが言葉選びから伝わってきますよね。《リング》の中で戦ってる人間は《苦しいが》《フラフラ》になっても《休》めないって、レスラーというぬいぐるみの中に入らしてもらっているような感じがしますね。

穂村　東さん、それシュールな表現ですねえ。「レスラーというぬいぐるみの中に入らしてもらう」って（笑）。そっちの方が詩になっちゃってます。

東　《いつもフラフラ》ってこの止め方もいい。妙にまとめないで《フラフラ》で終わらせて。

沢田　次の歌、私なら◎をつけます。

くそカリングの上でひたすらにロープに振って急いでキック

穂村△　東　（永島千佳世　25歳・プロレスラー）

穂村　この《急いで》がいいんだよね。ここすごい効いてる。映像が浮かぶ。

沢田　永島選手の素早い動きを反映したような歌です。「○いいなあ（涙）。マットの職人、ロープの仕事師、永島千佳世さま！　読むだけで元気が出る」（那波）。那波さん、プロレス知ってらっしゃいます（笑）。

穂村　別にプロレスラーだからってプロレスを歌わなくてもいいんだけど、ちゃんとプロレスになるんですね（笑）。

沢田　あ、こういうのもありますよ。

くまさんがりすと一緒に陽だまりでロープで縛っていかがわしいね

穂村△　東　（永島千佳世）

穂村　これは《陽だまり》なのに《いかがわしい》というところに面白さを感じました。
沢田　無印ですが、エース里村はこんな意外な歌を詠みました。

雲隠れ旅行に行こう一人旅露天つかれば十六夜の月
穂村　東　（里村明衣子　22歳・プロレスラー）

東　三句目までは《一人旅》だけで言葉が足りると思うのだけど、律儀に空想の順に書いてる感じですね。自分で自分に呼びかけるところに、一種の涙ぐましさを感じました。
　かの筋肉娘が《雲隠れ》して《露天》風呂《ぶろ》につかる姿は感動的ですらあります。
沢田　それから、広田さん。お笑い系のレスラーはそれなりの立派な取り組みです。

靴擦れがリンパに触れてひどくなりろくに食べれぬイカの塩辛
穂村△　東　（広田さくら　23歳・プロレスラー）

穂村　あ、これよかったですよね。《ロバート・デニーロ一番風呂》パターンで、実際には《靴擦れが》《ひどく》なったら《イカの塩辛》が《食べ》られなくなるとは思わないんだけど、その辺のヘンな照応感というのがありますね。わけのわからないオヤジの一人言のような世界。
沢田　痛風感のある歌です。

公文式理科と社会ひっしこき廊下に立っていつも反省
穂村　東△　（シュガー佐藤　23歳・プロレスラー）

東　《ひっしこき》がいいです（笑）。

沢田　《公文式理科と社会》というのもにくいですね。普通ここで《社会》は《算数》の方がいいし、「くりひろい」上も問題ないのですが、ご本人はきっと《社会》がダメだったんでしょうね（笑）。

そのほかにもレスラーさんたち、いい歌目白押しです。ざっと紹介しておきましょう。サブ教科であることがリアル。

くじ引きで旅行当たって一騒ぎロンドン・パリに行ってきま～す
穂村　東　（加藤園子　25歳・プロレスラー）

苦労して利息ためても暇はないローンしてもいいのだろうか
穂村　東　（シュガー佐藤　23歳・プロレスラー）

暗闇にリングの音が響いてる六年前の　いつもの日常
穂村　東　（植松寿絵　27歳・プロレスラー）

悔し泣きリングで涙ひとしずく露天につかりいつを夢見る
穂村　東　（伊東幸子　20代・レフェリー）

靴磨き利用者減って日銭無く老婆座らぬ椅子の寂しさ

穂村　東　（中島幸一郎　20代・リングアナ）

同人たちもみんなレスラー短歌を激賞です。「◎無垢《むく》の本能のワザに圧倒されました。すごい！　作為が恥ずかしいって思うのはこんな人たちに出会ったとき」（やまだ）。「なによりも素直な気持ちをまっすぐな言葉に置き換え出来ていることに目から鱗《うろこ》の驚きを感じました。しかもこの制約の中で」（藤原）。

東　うーん……本当にそうだなあ。こっちが《空想の臨時列車が》とかって、言葉をこねくりまわしているときに、こういうのをすっと出してこられると、ヤラレタ！　って思います。

沢田　いつもなかなか歌を提出しない同人たちがたくさん出してきてくれたのが意外でしたね。また逆に、常連の中村のり子さんやねむねむさん、やまだりよこさんが「ギブアップ」宣言してきたのもおかしかった。言葉の「強制」に慣れてないんでしょうね。根っからの自由人だから。

穂村　それは面白いですね。今回、東さんの歌も元気ないし（笑）。やっぱり普段そういうふうに意識を使い慣れてないから、強制されるとぐじゃぐじゃになっちゃうんだ。つまり、東さんやねむねむさんたちの場合、わざわざ強制されなくても自然に外部が取り込めちゃうわけですよね。

東　強制されると、かえって理屈っぽくなるんだよね。

穂村　東さんはいつも自然に「ひとりくりひろい」をやってるわけですね（笑）。

沢田　では最後に、選にはもれたものの、面白かった歌をいくつか紹介しておきましょう。

全部「くりひろい」！　お見事です。

暮れなずむ離村の秋の一人旅労多き日は鰯雲高く　針谷圭角

雲は行く理屈は知らず広い空陋屋奪う戦いつまで　同

狂い咲き離婚の危機も他人事に露悪的なる色恋話　同

草の波　涼　いくつものひかりきらりローズマリーの癒し香らん　本名陽子

栗は落ち立冬冬至と日が過ぎてローソクつけたらイヴだ　いそいそ　坂根みどり

暗い道流星求めひた走るロマンスはない一家総出だ　同

来るよまた両手をあげてひとごみにロンリーきみはいつも言うだけ　スティールあきかん

くわばらだリースとツリーとひとりの部屋ろうそくだけはいっぱい灯そ　花田佳香

くりひろい理由はとまれひどすぎるろくなんできんいんけつやがな　えやろすみす

「君」づけで理由もなしで閑でしょう？ロックライブに行くよと君は　井口一夫

軛とり理性にすがり日々過ごす　緑青色の意地を張りつつ　元

くじけそう凜と気持をひきしめてロマンチックな愛しい日あり　宮崎美保子

国追われリオニ公爵火の中に老婦とともにいつまでもダンスを　平田ぽん

くうき　ひと　りくの力が引き合って論では言えぬいし燃ゆる国　同

くりかえし理由を探す日々なれど論より証拠今の現状　中村りょう

暗い日々リストラされて拾い食い路上暮らしも一周年に　さねまよそわら

苦しみの理由を云はず日もすがら老女もの憂く椅子にたゆたふ　堂郎

草原に凜と明るき日の射せるロシアの夏をいつか見たかり　同

九十九の理を尽くせども百ならず論に溺れて生きるも難し　同

「雲に告ぐ涼風つれて飛来せよ」　路頭に迷う今のアタシに　大内恵美

クリスマス流星たちが引き寄せるロマンティックな祈りの時間　今井雅子

くじ引きは理不尽だよとひとりごつ廊下掃除はいつだって俺　同

薬指リング待ってる人はみなろくでなしだと言う彼からの　同

空爆の理由も知らぬひとびとが路肩に散らすいのち悲しき　同

文庫版あとがき

敷居の低い短歌入門書。

「猫又」主宰・沢田康彦

角川ソフィア文庫版「猫又」シリーズも第三弾となった。

「猫又」発刊の経緯は前著二冊に詳しいが、改めて触れておくと、当時雑誌編集者であった沢田が、ながながし深夜の原稿待ち時間や週末のヒマに飽かせて、気まぐれで始めたメール&ファックス短歌友の会会報誌が「猫又」である。

「有名無名年齢性別既婚未婚国籍前科刺青等一切不問」を合言葉に四〇号近くが出され、総参加人数六〇〇人超のシロート（一部クロート）が、与えられた「お題」に従い傑作秀作怪作駄作愚作の三十一文字《みそひともじ》を寄せている。ときには四十一文字《よそひともじ》くらいのものもある。刊行には極めてムラがあって、数年空いたかと思うと急に毎月出るなど気ままなペースで現在まで続いている。近年はコピー印刷〜ステイプル留めをやめ、PDFでのネット配信となった（ただしキャパシティの問題で一般読者の応募は受け付けていない。すみません）。

本シリーズはそれら作品群を歌人・穂村弘と東直子がつぶさにチェック、◎○△（&だめ）の「選」という厳しい執刀をとり行う、楽しいが難しい言語表現なる宇宙を巡る旅行記録であり、ここでは十六号から二十一号までの六回分が納められている。題材的に古びたものもあるがあくまでも旅の記録と考え、文庫化にあたっては最小限の加筆訂正に抑えることとした。

また過酷な旅の慰めにと、各章美女の挿絵を添えるのも本書の伝統である。つど巻き込まれた美女たちは、特に強く断る理由もないままにそれぞれ無理矢理ノーギャラで描かされた、シリーズ最大の被害者たちであり、主宰者としてはここに感謝の意を捧げておきたい。

さらには会報誌を始めた頃、主宰の敬愛する漫画家・小説家の山上たつひこ氏よりファックスにてジーカタカタと届いた檄文ならぬ〝檄絵〟とも言うべき猫又画を、勝手にトレードマークとさせていただいている。考えてみれば「ありがとうございます」を言っていなかった。ここに改めて深く感謝申し上げる（今頃かよ！）。

　さてさて、そういった主宰からして唐変木の「猫又」であるため、読者諸兄姉はここに傑作やお手本ばかりが並んでいるなどとはユメユメ思ってはならない。むしろとにもかくにも敷居の低い短歌入門書と捉えていただければうれしい。「こんなんならオレにもできる」とその気になって、例えば手紙や絵葉書、メール等で、恋人家族友人上司憧れの人に、愛ある一首を送ってもらえたりしたならば、企画として大いに意義があったと考える。

　無理にでも詠《うた》ってみればわかる。相手がもっと好きになるばかりか、やれ不思議、自分のことがもっとずっと好きになるのである。その快感は短歌だけのものかもしれぬ。

　思えば、この最古の文学は、万葉の昔から大切な思いを人に届ける秀れた道具であった。恋に、道に迷った友に、柿本人麻呂もこう告げたに違いあるまい。

「短歌があるじゃないか。」

本書は、二〇〇四年五月、小社刊の単行本を
加筆・修正し、文庫化したものです。

短歌《たんか》があるじゃないか。

一億人《いちおくにん》の短歌《たんか》入門《にゅうもん》

穂村《ほむら》 弘《ひろし》・東《ひがし》 直子《なおこ》・沢田《さわだ》康彦《やすひこ》

平成25年 4月25日　初版発行
令和7年 3月25日　6版発行

発行者●山下直久

発行●株式会社KADOKAWA
〒102-8177　東京都千代田区富士見2-13-3
電話　0570-002-301（ナビダイヤル）

角川文庫 17933

印刷所●株式会社KADOKAWA
製本所●株式会社KADOKAWA

表紙画●和田三造

●お問い合わせ
https://www.kadokawa.co.jp/（「お問い合わせ」へお進みください）
※内容によっては、お答えできない場合があります。
※サポートは日本国内のみとさせていただきます。
※Japanese text only

ISBN978-4-04-405406-9　C0195

◆◇◇

角川文庫発刊に際して

角川源義

第二次世界大戦の敗北は、軍事力の敗北であった以上に、私たちの若い文化力の敗退であった。私たちの文化が戦争に対して如何に無力であり、単なるあだ花に過ぎなかったかを、私たちは身を以て体験し痛感した。西洋近代文化の摂取にとって、明治以後八十年の歳月は決して短かすぎたとは言えない。にもかかわらず、近代文化の伝統を確立し、自由な批判と柔軟な良識に富む文化層として自らを形成することに私たちは失敗して来た。そしてこれは、各層への文化の普及滲透を任務とする出版人の責任でもあった。

一九四五年以来、私たちは再び振出しに戻り、第一歩から踏み出すことを余儀なくされた。これは大きな不幸ではあるが、反面、これまでの混沌・未熟・歪曲の中にあった我が国の文化に秩序と確たる基礎を齎らすためには絶好の機会でもある。角川書店は、このような祖国の文化的危機にあたり、微力をも顧みず再建の礎石たるべき抱負と決意とをもって出発したが、ここに創立以来の念願を果すべく角川文庫を発刊する。これまで刊行されたあらゆる全集叢書文庫類の長所と短所とを検討し、古今東西の不朽の典籍を、良心的編集のもとに、廉価に、そして書架にふさわしい美本として、多くのひとびとに提供しようとする。しかし私たちは徒らに百科全書的な知識のジレッタントを作ることを目的とせず、あくまで祖国の文化に秩序と再建への道を示し、この文庫を角川書店の栄ある事業として、今後永久に継続発展せしめ、学芸と教養との殿堂として大成せんことを期したい。多くの読書子の愛情ある忠言と支持とによって、この希望と抱負とを完遂せしめられんことを願う。

一九四九年五月三日

角川ソフィア文庫ベストセラー

短歌はじめました。
百万人の短歌入門
穂村弘
東直子
沢田康彦

有名無名年齢性別既婚未婚等一切不問の短歌の会「猫又」。主宰・沢田の元に集まった、主婦、女優、プロレスラーたちの自由奔放な短歌に、気鋭の歌人・穂村と東が愛ある「評」で応える！　初心者必読の入門書。

今はじめる人のための短歌入門
岡井隆

短歌をつくるための題材や言葉の選び方、知っておくべき先達の名歌などをやさしく解説。「遊びとまじめ」「事柄でなく感情を」など、テーマを読み進めるごとに歌作りの本質がわかってくる。正統派短歌入門！

恋愛の1／2
鴻上尚史

恋愛の大切な要素＝セックスって、何だ？　小説、映画、演劇、マンガから名作・名言を選りすぐり、興味本位でないセックスに向き合う。難しくて大切なこの問題に、まどい、ウンチクを傾け、追究したエッセイ。

マイナス50℃の世界
米原万里

窓は三重構造、釣った魚は一〇秒でコチコチ。ロシア語通訳として真冬のシベリア取材に同行した著者は、鋭くユニークな視点で、様々なオドロキを発見していく。カラー写真も豊富に収載した幻の処女作。

暦を楽しむ美人のことば
山下景子

立春、名残雪、七夕、十五夜——。季節をあらわす言葉には美しい響きがある。俳句の季語としても使われる二十四節気や七十二候など、暦に関する言葉を中心に、四季を豊かに楽しめる日本語をやさしく解説。

角川ソフィア文庫ベストセラー

角川ソフィア文庫ベストセラー

中原中也全詩集

中原中也

歌集『末黒野』、第一詩集『山羊の歌』、没後刊行の第二詩集『在りし日の歌』、生前発表詩篇、草稿・ノート類に残された未発表詩篇をすべて網羅した決定版。巻末に大岡昇平「中原中也伝――揺籃」を収録。

中原中也との愛
ゆきてかへらぬ

長谷川泰子
編／村上　護

女優志望の泰子には、一六歳の中原中也との運命的な出逢いがあり、さらに小林秀雄との壮絶な出逢いと別れがあった。「奇妙な三角関係」（小林秀雄）といわれた伝説の〝運命の女〟泰子が語る、衝撃の告白的自伝。

枕草子
ビギナーズ・クラシックス　日本の古典

清少納言
編／角川書店

一条天皇の中宮定子の後宮を中心とした華やかな宮廷生活の体験を生き生きと綴った王朝文学を代表する珠玉の随筆集から、有名章段をピックアップ。優れた感性と機知に富んだ文章が平易に味わえる一冊。

おくのほそ道（全）
ビギナーズ・クラシックス　日本の古典

松尾芭蕉
編／角川書店

俳聖芭蕉の最も著名な紀行文、奥羽・北陸の旅日記を全文掲載。ふりがな付きの現代語訳と原文で朗読にも最適。コラムや地図・写真も豊富で携帯にも便利。風雅の誠を求める旅と昇華された俳句の世界への招待。

竹取物語（全）
ビギナーズ・クラシックス　日本の古典

編／角川書店

五人の求婚者に難題を出して破滅させ、天皇の求婚にも応じない。月の世界から来た美しいかぐや姫は、じつは悪女だった？　誰もが読んだことのある日本最古の物語の全貌が、わかりやすく手軽に楽しめる！

角川ソフィア文庫ベストセラー

角川ソフィア文庫

ひとりの夜を短歌とあそぼう

穂村弘・東直子・沢田康彦

イラスト　上路ナオ子

女優、漫画家、プロレスラーに高校生……。異業種の言葉の天才たちが集うメール短歌会「猫又」。主宰・沢田康彦の号令で思いっきり遊んだ型破りな短歌の秀作を、人気歌人の穂村弘と東直子が愛を持って厳しく講評。初心者から中級者まで楽しめる、画期的短歌入門書！

ISBN978-4-04-405403-8